한 시간 사이에
일어난 일

한 시간 사이에 일어난 일

최면
아내의 편지
라일락
데지레의 아기
바이유 너머

얼리퍼플오키드 01

페미니즘 소설의 선구자
케이트 쇼팽 단편집

이리나 옮김

책읽는고양이

차례

한 시간 사이에 일어난 일

맬라드 부인이 심장병을 앓고 있다는 것은 주지의 사실이라 남편의 사망 소식을 전할 때 주변 사람들은 꽤 조심해야 했다.

부인에게 반은 숨기고 반은 힌트를 줘가며 떠듬떠듬 소식을 전한 사람은 부인의 여동생 조세핀이었다. 소식을 전할 때는 조세핀 남편의 친구인 리처드가 그곳에 함께 있었다. 신문사에 근무하는 리처드는 업무 중에 열차 사고 소식을 접했고, 사망자 명단 맨 위에서 브렌틀리 맬라드의 이름을 확인했다. 곧 전보로 사고 소식을 다시 확인한 후, 비보를 접해도 다소 덜 충격받을 것 같은 사람에게 먼저 소식을 알렸던 것이다.

여자들이 그런 믿기지 않는 소식을 접하면 한동안 사태를 파악하지 못하고 몸이 얼어붙기 마련이지만, 맬라드 부인은 달랐다. 눈물을 왈칵 쏟으며 여동생의 팔에 풀썩 쓰러졌다. 폭풍 같은 슬픔이 가라앉자 아무도 따라 들어오지 못하게 하고 조용히 자기 방으로 들어갔다.

방에는 편하고 널찍한 안락의자가 열린 창을 마주하고 놓여 있었다. 부인은 몸을 지배하고 정신을 위협하는 극심한 피로감에 짓눌려 의자에 무너지듯 주저앉았다.

집 앞 넓은 광장에 봄 기운을 주체하지 못하고 파들거리는 나무의 꼭대기가 보였다. 공기는 향긋한 비 내음을 품고 있었다. 거리에서는 행상이 물건을 사라고 고래고래 소리를 질렀다. 누군가 부르는 노랫소리와 수많은 참새가 처마에서 재잘거리는 소리가 희미하게 들렸다.

창 너머로 보이는 서쪽 하늘에는 겹겹이 싸인 구름 사이로 파란 하늘이 간간이 모습을 드러냈다.

맬라드 부인은 울다 지쳐 잠든 아이가 꿈에서도 흐느끼듯 간간이 몸을 가늘게 떨 뿐 의자 쿠션에 머리를 대고 미동도 없이 앉아 있었다.

부인은 젊고 얼굴이 희며 차분했지만, 얼굴선에서는

억압과 동시에 강인한 힘이 느껴졌다. 그러나 지금 푸른 하늘 너머로 시선을 고정한 부인의 눈은 아련하기만 했다. 딱히 무엇을 본다기보다 아무런 지적 사고도 하지 않는 눈빛이었다.

부인은 어떤 기운이 다가옴을 느꼈고 두려운 마음으로 그것을 기다렸다. 도대체 이게 뭐지? 부인은 그것의 정체를 알 수 없었다. 콕 집어 말할 수 없을 정도로 미묘하고 애매했다. 그러나 분명 그 무엇인가가 하늘에서 기어 나와 공기를 채운 소리와 향기와 색을 통해 부인에게 가까워져 옴을 느꼈다.

급기야 부인의 심장이 격렬하게 뛰기 시작했다. 자신에게 밀어닥치는 것의 정체가 조금씩 드러나자 부인은 그것을 밀어내려고 안간힘을 썼다. 그러나 그 힘은 희고 야윈 두 손만큼이나 무력했다. 끝내 자포자기의 상태가 되자 벌어진 입술 사이로 작고 낮은 외침이 새어 나왔다.

"자유, 자유, 자유다!"

공허한 눈길과 두려운 표정도 잠시, 곧 눈이 열정적으로 밝게 빛났다. 맥박이 빠르게 뛰었고 몸의 구석구석으로 피가 끓어올랐다가 서서히 안정되었다.

부인을 사로잡는 감정이 정녕 기쁨인지는 물어볼 필

요도 없었다. 행복한 기운이 차고 넘쳐서 도저히 아무것도 아니라고 치부할 수 없었다. 물론 죽은 남편의 부드러운 손과, 아내를 한 번도 진정 사랑한 적 없는 무미건조하고 시커머죽죽한 얼굴을 보면 울음이 솟구치기는 할 터였다. 그러나 부인의 눈에는 그 쓰라린 순간만 지나면 오롯이 자신의 것이 될 긴긴 세월이 훤히 내다보였다. 부인은 다가올 미래를 환영하듯 두 팔을 쫙 펼쳤다.

이제 앞으로 다가올 시간에는 누군가를 위해 살지 않아도 된다. 오직 자신을 위해 살 것이다. 같은 인간이면서 다른 사람에게 자신의 의지를 강요해도 된다고 믿는 이의 아집으로 인해 감정이 상처받지 않아도 되었다. 의도가 좋은지 나쁜지에 따라 덜 범죄처럼 보이기는 했으나, 하나같이 폭력이었다는 것을 부인은 그 짧은 시간에 깨달았다.

물론 부인도 간혹 남편을 사랑하기는 했다. 대체로는 그렇지 않았지만. 그러나 그게 무슨 상관인가! 이제 자기 권리를 강력하게 주장할 수 있게 된 마당에 사랑이라는 풀리지 않는 수수께끼에 천착할 필요는 없었다.

"자유! 몸과 영혼의 자유!"

부인은 작은 소리로 계속 이 말만 되뇌었다.

조세핀은 닫힌 문 앞에 무릎을 꿇고 앉아 열쇠 구멍에 입술을 대고 안으로 들여보내달라고 간청했다.

"언니, 문 열어! 제발, 문 좀 열어봐. 이러다 큰일 나겠다. 안에서 뭐해, 언니? 제발 문 좀 열라고."

"괜찮아. 저리 가 있어. 나 아무렇지 않아."

아니, 아무렇지 않은 정도가 아니라 사실 부인은 지금 열린 창문 틈으로 불로장생의 영약을 들이켜고 있었다.

부인의 상상은 앞으로 펼쳐질 날들에 대한 기대로 한없이 뻗어가고 있었다. 봄이면 봄, 여름이면 여름, 그리고 오롯이 그녀만의 시간이 될 수많은 날들. 부인은 삶이 길고 길기를 기도했다. 오래 살까봐 전전긍긍했던 게 불과 어제의 일이었다.

여동생의 끈덕진 설득으로 부인은 마침내 자리에서 일어나 문을 열었다. 부인의 눈은 환희로 번들거렸고 저도 모르게 승리의 여신인 듯한 태도가 내보였다. 부인은 동생의 허리를 끌어안고 함께 계단을 내려갔다. 리처드가 밑에서 기다리고 있었다.

그때 누군가 열쇠로 현관을 여는 소리가 들렸다. 태연하게 문을 열고 들어선 사람은 놀랍게도 브렌틀리 맬라드였다. 약간 그은 얼굴에 여행 가방과 우산을 들고 있었다. 남편의 모습은 사고 장면과 전혀 거리가 멀었다. 남편은 심지어 사고가 있었다는 것조차 모르는 표정이었다. 그는 조세핀의 날카로운 비명과 맬라드 부인이 남편을 못 보게 하려고 재빨리 몸을 가리는 리처드의 행동에 놀라 어안이 벙벙한 채 서 있었다.

의사들은 맬라드 부인이 심장마비로 죽었다고 전했다. 남편이 살아 돌아온 기쁨에 겨워서.

최면

1

"오늘 아침에 폴린을 만나면 그녀가 방에 있는 사람 중에 가장 매력 있는 여인으로 보일 테고 자네의 관심과 배려를 받을 유일한 사람으로 여겨질 거야."

이것이 바로 돈 그레이엄이 그날 아침 세면장에서 만난 친구 패버햄에게 걸어놓은 최면의 내용이었다. 그레이엄은 대학교수이자 초능력 연구에 관심이 많은 부지런한 청년이다. 최면술 학회 회원인 그레이엄은 만만치 않은 최면 기술을 가지고 있었는데, 주로 친구인 패버햄을 대상으로 실습을 해서 뚜렷한 성공을 거뒀다. 아침에 기상해서 자신의 검은색 양복 상의가 강렬한 선홍색을 띠는 것을 발견했을 때도 패버햄은 그 사실을 비통해하거나 입기를 주저하는 대신 그 현란한 옷을 입고 사람들 앞에 모습을 드러냈다. 그러고는 별일 아니라는 듯 그레이엄에게 전화해서 말했다.

"여보세요, 야! 이 바보 멍청아! 내 옷 가지고 장난 좀 그만 쳐!"

전화가 길어지는 때도 있었다.

"여보세요! 벌써 두 번째야. 내가 분해서 도저히 목욕하고 있을 수가 없어." 혹은 "또 내 커피를 엉망으로 만들어놨어! 빌어먹을! 이제 이런 짓 좀 그만해!"

그러면 전화를 받는 쪽에 함께 있던 교수들은 학문적 논증의 성공 사례를 모르는 일반인은 거의 이해할 수 없는 만족감으로 술렁이곤 했다.

패버햄은 노력가가 아니었다. 넘쳐나는 돈과 매력을 아낌없이 과시했기에 여자든 남자든 패버햄을 싫어하는 사람은 별로 없었다. 그런 그도 절대 포기하고 싶지 않은 자기만의 주장이 있었는데, 바로 재미없는 사람이나 장소 또는 일 등은 무조건 피하자는 것이었다. 패버햄을 따분하고 미치게 만드는 하나가 바로 친구 그레이엄의 약혼녀 폴린이었다. 폴린은 까무잡잡하고 덩치가 작은 데다 머리는 북슬북슬했고 안경을 꼈다. 학구열이 상당했고 형이상학적인 것에 관심이 많았다. 과학적 마인드로 연구했고 수학적인 도표로 얻을 수 있는 학문에 열중했다. 한마디로 폴린은 패버햄이 혐오하는 유형이었다. 폴린이 가진 침착함이 패버햄에게는 힐책 같았고, 요염하거나 매혹적이거나 여자다움이라곤 찾아볼 수 없는 폴린을 만날 때마다 패버햄은 거부감이 들었다. 패버햄은 폴린과 그레이엄이 천생연분이라 생각했지만, 그럼에도 친구가 불쌍하다는 생각을 지울 수 없었다. 당연히 패버햄은 폴린을 멀리했고, 기본적인 예의는 갖췄지만 속으로는 무시했다.

패버햄과 그레이엄은 예의 바르고 재미난 사람들이 모여 시월을 보내고 있는 시더 브랜치에 있었다. 그 특별한 시월의 월요일 아침, 그레이엄은 선약 때문에 도시로 돌아가야 했고 패버햄은 따분하지만 않다면 그곳에 최대한 오래 머물 예정이었다. 그와 함께 놀아줄 성격 좋고 유쾌한 아가씨들은 주변에 널렸고, 낚시 외에도 수영과 드라이브를 얼마든지 즐길 수 있었다.

거울 앞에서 크라바트 (넥타이처럼 매는 남성용 스카프—역주)를 매던 그레이엄은 자기가 2주 동안 곁을 비우는 사이 사랑하는 폴린이 몹시 심심할 것 같다고 생각했다. 나비를 잡아 핀으로 고정하는 취미를 가진 독일 여자 한 명을 빼면 폴린과 함께 지낼 만한 괜찮은 사람이 주변에 없었다. 그레이엄은 패버햄이 드라이브든 항해든 춤이든, 그 모든 것에서 분위기를 선도하는 사람이란 데 생각이 미쳤고, 패버햄의 눈에 폴린이 매력적인 젊은 여성으로 보이게 하고 싶은 유혹이 일었다. 그레이엄은 명분을 만들어 신발 끈을 묶고 있는 패버햄에게 접근한 후 어깨에 손을 얹었다.

"오늘 아침에 폴린을 만나면 그녀가 방에서 가장 매력적인 여인으로 보일 테고 자네의 관심과 배려를 받을 유일한 사람으로 여겨질 거야."

그레이엄과 패버햄이 큰 식당으로 들어섰을 때는 이미 많은 사람이 모여 있었다. 벌써 자리를 잡은 사람도 있었고, 몇몇은 모여 서서 잡담을 하고 있었다. 창가에 서 있던 폴린은 잠시 고개를 들어 건성으로 인사를 마친 뒤 친구에게 얼른 얘기해주려고 손에 든 편지의 내용을 진지하게 살폈다. 편지는 미술상이 보낸 것으로 그레이엄이 약혼녀에게 사준 초기 플랑드르 작품에 관한 내용이었다. 최근 폴린은 여러 학파와 시기의 그림 복제판을 수집하는 데 열을 올렸다. 각고의 노력 끝에 '초기 플랑드르 작품'을 몇 점 취득하고 난 다음이라 폴린은 지금 마음이 평온한 상태였다. 그레이엄은 약혼녀의 옆에 앉았고, 둘은 머리를 한데 모으고 오트밀을 먹으며 심리학과 예술에 관해 잡담을 나눴다. 패버햄은 맞은편에 자리를 잡고 앉아 계속 폴린을 쳐다보았다. 그는 옆에 앉은 테니스걸에게 말을 건네면서도 폴린이 하는 말에 귀를 기울였다.

"에드먼즈 양."

패버햄이 폴린의 관심을 끌기 위해 몸을 앞으로 불쑥 내밀며 말했다.

"나중에 다같이 시내에 가게 되면 그레이엄더러 제 아파트에 데려다 달라고 하세요. 지난 여름에 스코틀랜드에서 사온 글래스고 파 그림 몇 점과 색조가 좀 다운된 호넬 그림으로 보이는 페르시아 태피스트리가 좀 있거든요. 보시면 좋아할 것 같아서요."

폴린은 기쁘고도 놀라워서 얼굴을 붉혔다. 테니스걸이 뒤로 물러나며 패버햄을 의아한 듯 바라보았고 골프걸이 테이블 끝에서 빵 부스러기를 패버햄에게 던졌다. 그레이엄은 미소를 지었지만, 속으로는 키들키들 웃으며 몇 가지를 마음속에 잘 기억해두었다.

　패버햄은 식사하는 내내 테이블 너머에 있는 폴린과 활발하게 대화를 이어갔다. 그러면서 속으로 이렇게 생각했다. '부드러운 갈색이 그녀의 얼굴과 눈에 정말 잘 어울리는군! 안경 뒤로 보이는 눈빛은 또 얼마나 맑은지! 깊고 생기가 넘친다니까! 저 꾸밈없이 자연스러운 태도보다 더 사람의 마음을 사로잡는 게 있을까? 아, 저 총명함이라니! 정말 놀라워! 사람을 바짝 긴장하게 하는군.' 그레이엄은 실험의 성공이 몹시 뿌듯했다.

　그러나 식사가 끝나고 패버햄이 언제 그랬냐는 듯 폴린에게는 조금도 관심을 보이지 않고 테니스걸과 나가버리자 그레이엄은 매우 놀랐다.

　'이거 왜 이러지? 아하! 내가 아침 식사 때만 패버햄이 폴린을 매력 넘치는 여성으로 생각하도록 주문을 해서 그런 거로군. 그렇담 최면을 다시 걸어야겠어.'

　그레이엄이 여행 가방과 물건들을 들고 밖으로 나오자 폴린이 약혼자를 배웅하려고 크고 넓은 집에서 길게 이어진 현관까지 따라나섰다. 낙엽이 가득 덮인 자갈길을 걸으며 그레이엄은 전에 없는 깊은 침묵에 잠겼다. 폴린이 미심쩍다는 듯 그레이엄을 올려다보았다.

"폴린, 생각을 멈추고 당신의 정신적 에너지를 내게 불어넣어 암시의 방향을 도와줬으면 좋겠어."

그레이엄이 말했다. 도대체 온전한 상태에서 하는 말인지 의심한 사람은 옆을 지나던 골프걸이었지 폴린은 아니었다. 폴린에게는 이미 익숙한 일이었다. 그레이엄이 뒤로 걸어가 옆에 있던 패버햄과 악수를 하자 폴린은 약혼자의 의도대로 마음을 최대한 텅 빈 상태로 만들었다. 그레이엄이 패버햄의 손을 잡으면서 재빨리 걸어둔 최면은 이런 식이었다.

'폴린은 매력적이고 똑똑하며 솔직하고 온후하다. 끝이 어딜까 궁금할 정도로 속이 깊은 여인이다.'

그레이엄과 폴린은 문까지 조용히 함께 걸어간 다음 손을 살며시 잡은 후 헤어졌다.

도로를 따라 걸어 내려가다 말고 그레이엄은 뒤를 돌아보았다. 폴린이 집으로 되돌아가고 있었다. 테니스 그룹에서 빠져나온 패버햄은 폴린과 나란히 걸으려고 잔디밭을 가로질렀다. 그레이엄은 이번에도 주문의 성과를 마음속에 단단히 새겼고, 스스로가 대견해 등이라도 두

드려주고 싶었다.

2

며칠 뒤 폴린이 그레이엄에게 편지를 보냈다.

지금쯤은 르네상스 관련 글을 끝내야 했는데, 아직
시작도 못했어요. 욕먹어 마땅하지만 좀 봐줘요. 사실 요
즘 계속 빈둥거려서 내가 생각해도 부끄럽긴 하네요. 근
데 당신이 패버햄 씨더러 나한테 신경 좀 쓰라고 부탁했
죠? 내가 심심할까봐 걱정됐나요? 그렇담 괜한 친절이었
어요. 그분 땜에 낭비하는 시간이 너무 많거든요. 오늘
아침에는 그 끝도 없는 르네상스 글을 쓰러 가야 하는데,
그분이 글쎄 큰 단풍나무 아래에서 테니슨 시를 읽어주
시겠다지 뭐예요! 그래서 차라리 브라우닝을 읽어달라
고 했죠. 어차피 시간을 까먹을 바엔 좋은 시를 듣는 게
낫잖아요. 패버햄 씨가 시 하나는 참 멋들어지게 낭송하
시더군요. 목소리가 그윽하고 지적인 게 이만저만 듣기

좋은 게 아니에요. 친애하는 브라우닝의 아름다움과 통찰 그리고 철학에 그분도 놀랐는지 한동안 말이 없더군요. 여태까지 브라우닝을 몰랐느냐고 내가 놀라서 물었더니 알고는 있었대요. 그러면서 나보고 브라우닝의 진가를 찾아 떠나는 항해에 동참해서 자신이 그 불후의 명작들과 친해지게 도와달라고 했어요. 하지만 틴토렛토(이탈리아 베니스파의 화가—역주)에 관한 릴리엔털을 아직 보지 못했다면….

얼마 후 폴린은 다시 편지를 보냈다.

내 행동이 점점 가벼워지고 있어요. 어젯밤에 무슨 일이 있었는지 알아요? 글쎄 내가 춤을 췄지 뭐예요. 내가 춤출 줄 아는 거 몰랐죠? 나도 춤을 추더라고요. 하긴 2년 전 겨울에 '풍속과 관습' 수업에서 춤의 역사에 대해 들었는데, 그때 기본 스텝을 배우긴 했어요.

일주일 후에 다시 온 편지는 이랬다.

난 지적인 수단 외의 다른 경로로 얻게 되는 쾌락과

감정을 믿지 않아요. 그런데 하루 이틀 전에 특이한 경험을 했어요. 그날 저녁은 시월치고 날씨가 따뜻했고, 하늘에는 달이 크고 밝게 빛나고 있었어요. 패버햄 씨가 뱃놀이를 데려가주셨는데 원래 돌아와야 할 시간을 훌쩍 넘길 때까지 바다에 있었어요. 늦은 시각이었고 사방은 고요했어요. 배가 물을 가르며 내는 잔물결 소리와 이따금 돛이 회전하는 소리 외에는 아무것도 들리지 않았죠. 해변에서 소나무와 전나무 향기가 훅 끼쳐왔어요. 마치 다른 시대, 다른 장소에 와 있는 듯한 착각이 들었어요. 종전에 내 삶을 구성한 모든 것들이 멀리 사라진 듯 비현실적인 느낌이었죠. 어떤 생각도 의욕도 힘도 모두 사라진 상태랄까. 그저 영원히 물위를 이리저리 떠다니고만 싶었어요. 이 모든 경험이 너무 감각적이라 온전히 믿으면 안 된다는 사실을 깨닫고도 전혀 신경 쓰이지 않았어요.

2주가 끝나갈 때쯤에는 그레이엄이 보기에 완전히 격에 맞지 않고 부적절한, 이상하고 두서 없는 짧은 메모가 전달되었다.

당신은 너무 오래 내 곁에 없어요. 최소한 내가 나 자신을 이해하기 위해서라도 난 당신이 필요하단 말이에요. 세상에는 지적인 교육이 대비하지 못하는 어떤 힘이 있는 것 같아요. 왜 우리는 감정에 휘둘리도록 태어났을까요? 꿈에도 생각하지 못한 뜻밖의 미묘한 존재를 만나 공격당하는데도 속수무책일 수밖에 없다면 도대체 책은 뭣 하러 존재하는 건가요? 맙소사, 오, 맙소사! 얼른 돌아와서 나를 혼란에서 구해줘요.

그레이엄은 얼떨떨하고 속이 편치 않았다.

3

그레이엄은 약혼녀를 되찾겠다는 굳은 다짐으로 브랜치에 돌아왔다. 실험이 성공한 데는 만족했지만, 폴린에게 도움이 되리라 믿고 한 일이 약혼녀가 다른 데로 시선을 돌릴 기회를 준 꼴이 되었다. 이제 그레이엄은 패버햄에게 걸어놓은 최면을 풀어 모든 것을 전으로 되돌려놓아야 했다.

만약 폴린을 향한 그레이엄의 사랑이 맹목적이고 열
정적이며 빈틈없었다면 바뀐 상황이 아무리 불리했어도
계획을 밀어붙였을 것이다.

그러나 폴린이 애처로울 정도로 솔직하게 자신의 속
내를 털어놓는 바람에 그레이엄도 움찔할 수밖에 없었
다.

"잠시 스쳐 지나가는 열병일 거예요. 나도 왜 이런지
모르겠어요. 이전엔 한 번도 이런 적이 없거든요. 우리의
약속을 지키는 게 가장 좋고 현명한 방법이라 생각하면,
당신이 원한다면, 기꺼이 그렇게 할게요. 하지만 보다시
피 내 기질 전체가 완전히 바뀐 것 같아요. 난… 난… 아!
그 사람이 너무 좋아요!"

고백의 정점에 이르렀을 때도 폴린은 다른 여자들처
럼 얼굴을 가리거나 수줍어하지 않고 약혼자를 똑바로
바라보았다. 그들은 지금 패버햄이 일전에 브라우닝의
시를 읽어주던 큰 단풍나무 아래 앉아 있었고, 이미 날도
뉘엿뉘엿 지고 있었다. 폴린의 얼굴에 전에 없던 광채가
어렸다. 결코 그레이엄이 만들어줄 수 없었던 빛이었다.
그가 미처 알지 못한 폴린의 영혼 속에 그녀를 들뜨게 하
는 힘의 근원이 깊이 자리잡은 듯했다.

그레이엄이 폴린의 작은 손을 쥐고 가만히 두드렸다. 그의 손은 차갑고 축축했다. 그레이엄이 할 말은 이뿐이었다.

"당신은 자유의 몸이야. 나와 무슨 약속을 했든 간에. 그러니 신경 쓰지 마, 조금도 마음 쓰지 않아도 돼."

더 많은 말을 했을지도 모르지만, 그에게 다른 말은 아무 가치가 없었다. 그레이엄은 조용히 그 자리에 앉아 희망도, 계획도, 앞날에 대한 설계도, 의도도 모두 놓아버리려 노력하면서 온몸으로 이별의 고통을 겪어내고 있었다.

폴린은 아무 말도 하지 않았다. 사랑은 이기적인 것. 그녀는 자유의 기쁨을 만끽했고 약혼자의 상처받은 영혼을 치유하기 위한 어떤 상투적인 문구나 말도 삼갔다.

그레이엄을 괴롭히는 것은 또 있었다. 그가 건 최면이 어떻게 유지되었고 앞으로 어떻게 효력을 발생할지 알 수 없었다. 그레이엄이 브랜치로 돌아와 맨 처음 친구를 만난 순간 감지했듯 패버햄은 아직 최면에 걸린 상태였다. 최면이 그레이엄의 통제를 벗어난 것 같았다. 그것이 가져온 파장을 생각하니 무서워서 몸이 떨렸지만, 일단은 아무 일도 아닌 듯 받아들이고 있었다. 당분간 상황이 자연스럽게 흘러가도록 지켜보는 수밖에 없었다. 간밤에 패버햄은 그레이엄에게 이렇게 말했다.

"친구, 아침이 되면 난 떠날 거야. 알지 모르겠지만 난 악마 같은 친구야. 스스로 설명할 시간을 내게 좀 줘. 다음에 시내에서 다시 만나면, 그때는 나의 일탈이나… 음… 방종을 이해할 수 있을 만큼 정신을 차리게 되겠지. 그리고도 계속 엉뚱한 소리를 하면 음… 내 목을 졸라버려."

그레이엄이 그에 반응했다. "나도 아침에 떠나. 이 말을 해주고 싶어. 폴린과 나는 전통적으로 두 사람이 함께할 운명이라고 믿을 만큼 생각이 같거나 서로 통하지는 않는다는 걸 최근에 알게 됐어. 그러니 너만 좋다면 아침에 함께 시내로 가자."

4

몇 달 후 패버햄과 폴린은 결혼했다. 그들의 결혼으로 젊은 교수가 가지는 길고 복잡한 의문은 극에 달했다. 그레이엄의 하루는 고통으로 얼룩졌다. "만약, 만약, 만약!" 그레이엄의 머릿속에는 이 말이 떠나지 않았다. 일하는 동안에도, 걷거나 쉬거나 책을 읽을 때도, 심지어 잘 때도 자유로울 수 없었다.

그레이엄은 패버햄이 결혼 전에 폴린을 얼마나 싫어했는지 생생히 기억했다. 그 혐오감이 최면으로 없어지기는 했으나 최면의 한계가 어디까지인지, 다른 가능성을 완전히 무시해도 좋은지, 세부적인 내용의 어느 정도가 자신의 능력 밖인지 그레이엄은 알 수 없었다. 무엇보다 최면이 얼마나 오래 유지될지 모른다는 사실이 내내 그레이엄을 괴롭혔다. 만약 패버햄이 어느 날 아침에 눈을 떴는데 갑자기 옆에 누운 여인이 꼴도 보기 싫으면 어쩔 것인가! 패버햄의 사랑이 점점 옅어져 어느 사이엔가 폴린을 파괴하고 마모시켜서 생이 다할 때까지 쓰라림을 맛보게 하면 어쩌나!

그레이엄은 첫 몇 달 동안 결혼한 친구 내외를 자주 방문했다. 부부를 잘 아는 사람들은 하나같이 입을 모아 그들이 천생연분이라고 했다. 지금은 그들의 말이 옳았다. 무의식적인 자극이 서로에게 온화하고 긍정적인 영향을 미쳐서 둘은 시인의 꿈에나 존재하는 이상적인 부부처럼 보였다.

함께 있을 때 그레이엄은 고양이처럼 주의 깊고 은밀하게 부부를 살폈다. 두 사람이 서로에게 조금만 덜 집중했다면 그레이엄의 행동을 눈치채고 기분 나빠했을 정도였다. 그레이엄은 늘 일시적으로나마 위안을 느끼며 관찰을 끝냈다. 불붙은 도화선이 아직 지하실에 있는 다이너마이트에 옮겨 붙지 않은 데 감사했다. 그러나 얼마 가지 않아 다시 불확실성에 대해 괴로움으로 견디기 힘들어졌고, 최면을 완전히 없애버려야겠다고 굳게 다짐하고 그들에게 가서 상황을 예의 주시했다. 하지만 그들이 만족해하고 깊이 교감하는 모습을 보고는 또다시 마음을 돌려세우며, 갈 때와 똑같이 미심쩍고 불편한 심정으로 도로 돌아오곤 했다.

어느 날 그레이엄은 직접 모든 것을 해결하기로 했다. 한시도 걱정에서 놓여날 수 없는 상황을 더는 견디기 어려웠던 것이다. 그날 저녁 그는 6개월 전에 패버햄에게 씌운 최면을 없애기로 작정했다. 일단 최면을 없앨 수 있다는 사실이라도 알게 되면 제대로 된 다른 암시를 걸 수도 있을 터였다. 그러나 그게 어려워 설사 패버햄에게 폴린에 대한 환멸이 돌아온다 해도, 폴린의 사랑이 깊어지기 전인 결혼 생활 초기 정도로 폴린도 돌려놓으면 되지 않겠는가. 그레이엄은 비록 자신이 폴린의 가슴에 호소하지는 못할지라도 그녀의 지적 능력이나 창의력에 위안을 제공할 정도의 영향력은 아직 충분히 가지고 있다고 믿었다.

그날 밤 그레이엄은 폴린이 그간 겪은 변화에 그 어느 때보다 관심을 기울였다. 테이블에 앉아 폴린에게 자주 눈길을 주었지만 아직 뭐라고 단정하기는 어려웠다. 이제 폴린은 아리따운 여인이 되어 있었다. 부드러운 윤곽을 드러내는 얼굴에는 화색이 돌았고 가지런히 단장한 갈색 머리는 더없이 아름다웠다. 다소 알이 큰 안경으로 바꿨더니 이전의 공붓벌레 같은 분위기가 옅어지면서 한결 매혹적인 분위기를 풍겼다. 폴린이 입은 옷은 남편의 재력을 보여주듯 값비싸 보였고 색상도 놀랍도록 부드럽고 고급스러워서, 옷이 그녀의 장점을 뚜렷이 부각했고 배경이 되어주었다.

그레이엄은 이 작은 가정과 부부의 운명이 자신의 손에 달렸다고 생각했다. 그날 밤 그레이엄은 자신이 만족을 모르는 신께 소중한 물건을 제물로 바치려는 나이 든 족장이 된 듯한 기분이었다.

그레이엄은 일단 저녁을 즐거이 먹은 후 늦은 시각을 택해 그에게 쓰라린 상처를 입힌 사악한 파충류 같은 기술을 다시 한 번 발휘하기로 했다.

그들은 잘 타올라 벌겋게 불꽃을 피운 난롯불 앞에 한가로이 모여 앉았다. 패버햄은 램프 불빛을 받으며 큰 소리로 책을 읽고 있었다. 아름다운 문장이 그들의 영혼으로 깊숙이 스며들어 말보다는 사색이 어울리는 편안한 분위기가 연출되었다. 패버햄은 잉걸불의 불빛을 바라보면서도 손끝에서 책을 놓지 않았다. 밖에서는 빗줄기가 창틀에 후두두 떨어졌다. 그레이엄은 안락의자 쿠션에 깊숙이 몸을 묻은 채 패버햄을 그윽한 눈으로 바라보았다. 폴린이 자리에서 일어나 방 안을 천천히 왔다갔다했다. 걸을 때마다 그림자가 어른거렸고 옷깃에서는 사라락 사라락 기분 좋은 소리가 났다. 마침내 때가 온 것 같았다.

그레이엄은 자리에서 일어나 주머니에서 담배를 꺼낸 다음 불을 붙이러 램프 쪽으로 걸어갔다. 그러고는 테이블 옆에 서서 친구의 어깨에 아무렇지 않다는 듯 손을 얹었다.

"폴린은 네가 이전에 만난 그 여자야. 전혀 멋지거나 매력적이지 않아."

그레이엄이 조용히 최면을 걸었다.

"폴린은 시더 브랜치에 와서 다시 만나게 된 6개월 전여자가 아니야."

그레이엄은 램프 불에 담배를 붙인 후 좀 전에 앉아 있던 자리로 돌아갔다.

패버햄은 차가운 숨결이 스친 듯 몸을 떨더니 의자를 난롯불 가까이 조금 당겼다. 그러고는 머리를 돌려 느린 걸음으로 옆을 지나가는 아내를 바라보았다. 다시 불을 응시하다 말고 안절부절못하며 연신 아내를 돌아다봤다. 그레이엄은 침착한 태도로 친구에게 눈을 고정한 채 속으로 주문을 몇 번이고 반복했다.

별안간 패버햄이 자리에서 일어나는 바람에 들고 있던 책이 땅에 떨어졌다. 서둘러 아내에게 다가가더니 방에 단둘만 있는 것처럼 아내를 안고 가슴 쪽으로 바싹 당기더니 아내의 상기되고 놀란 얼굴에 굶주린 듯 열정적인 키스를 퍼부었다. 폴린은 숨을 헐떡거렸고, 남편의 격렬한 포옹에서 풀려나자 어리둥절하고 기가 막혀서 얼굴이 벌게졌다.

"폴리, 사랑하는 폴리. 날 용서해주오."

폴린이 달려가 의자 쿠션에 얼굴을 묻자 패버햄이 애원하듯 말했다.

"여보, 신경 쓰지 마오. 내가 당신을 얼마나 사랑하는지 그레이엄도 안다오."

패버햄이 몸을 돌려 난로를 향해 걸어갔다. 그는 불안한 듯 공연히 손을 이마에 가져다 댔다.

"내가 왜 이리 호들갑을 떠는지 모르겠어."

패버햄이 낮은 목소리로 그레이엄에게 사죄했다.

"부디 서툰 감정 표현을 용서해줘. 사실 나도 내가 왜 이러는지 모르겠어. 꼭 어떤 거부할 수 없는 힘에 이끌리는 것 같아. 내가 너무 주책맞았지? 사랑이 넘쳐 주체할 수 없었다면 핑계가 될까."

패버햄이 겸연쩍게 웃었다. 그레이엄은 더 할 말이 없었다. 해방됐다는 안도감이 밀려들었다. 그러나 당황하기도 했다. 혼자 긴 시간을 들여 이 수수께끼 같은 현상을 해석해보고 싶었다.

그레이엄은 우산을 쓰지 않고 내리는 비를 얼굴에 맞으며 축축한 도로를 따라 걸었다. 한참 걷고 나니 길의 끝이 보이기 시작했다. 어느새 비가 그치고 머리 위에서 작은 별 몇 개가 그를 내려다보며 반짝일 무렵 마침내 그레이엄은 뭔가를 알 것 같은 기분이 들었다. 6개월 전 그는 패버햄에게 폴린이 매력적이고 지적이며 정직하고 연구할 가치가 있는 여자로 보이게 최면을 걸었다. 그러나 사랑에 대해서는? 아무런 암시도 하지 않았다. 어떤 부탁이나 요구 없이 사랑은 저절로 찾아와버렸고, 우주의 어떤 힘에도 꺾이지 않고 견뎌주었다. 그레이엄에게는 실로 큰 깨달음이었다.

그레이엄은 마음껏 상상력을 발휘했다. 패버햄에게 마지막으로 최면을 걸었을 때 그가 했던 행동을 회상해보았다. 두 사람의 에너지, 사랑 그리고 위엄 있는 주문이 남자의 잠재의식 안에서 짧고 강렬하게 갈등하고 투쟁한 결과 사랑이 승리한 듯했다. 그레이엄은 이를 의심 없이 믿었다.

그레이엄은 고개를 들어 빛나는 별을 올려다보았고 별들은 그를 내려다보았다. 그는 움직이는 힘의 위대함에 절로 고개가 숙여졌다. 바로 그런 것이 사랑이고, 인생이었다.

아내의 편지

1

여자는 누구의 방해도 받지 않으려고 문까지 꽁꽁 걸어 잠갔다. 집은 매우 고요했다. 어슴푸레한 빛도, 갈라진 틈도, 조금의 희망도 없는 흐린 하늘에서 비가 주룩주룩 내리고 있었다. 큰 벽난로에 지핀 장작불이 활활 타올라 호화로운 방의 구석구석을 환하게 밝혔다.

여자는 책상 한구석에서 튼튼하고 굵은 노끈으로 단단히 묶인 두툼한 편지 다발을 끄집어낸 후 방 한가운데 놓인 테이블에 놓았다.

여자는 몇 주 동안이나 자기가 하려는 일을 마음속으로 다지고 또 다졌다. 여자의 길고 야윈 예민한 얼굴에는 진중함이 어렸고 심지어 파랗게 핏줄이 드러나 보이는 길고 섬세한 손에서도 굳은 다짐이 엿보이는 듯했다.

여자는 가위로 편지 묶은 끈을 잘랐다. 그러고는 위에서부터 편지를 쓸어내려 테이블의 넓은 표면이 꽉 차도록 손가락으로 재빨리 편지를 흩어놓았다.

앞에 놓인 각양각색의 편지 봉투에는 모두 한 남자와 한 여자의 글씨체로 주소가 적혀 있었다. 비밀이 발각될까 두려우니 다 돌려달라는 여자의 부탁을 받고 남자는 그때까지 모아둔 편지를 모두 돌려주었다. 여자는 자신과 남자가 쓴 편지를 모두 처분할 작정이었다. 어느덧 4년 전 일이었지만, 여자는 그 후로도 줄곧 편지를 간직하고 있었다. 편지가 특유의 힘을 발휘하여 여자에게 살아갈 용기를 줌과 동시에 편지를 없애지 못하게 압력을 가하는 것 같다고 여자는 믿었다.

그러나 이제 더는 위험의 예감을 떨치기 힘든 날이 오고야 말았다. 여자는 몇 달 안 가서 자신이 그처럼 애지중지하는 보물을 무방비 상태로 남겨두고 세상과 작별하게 되리란 걸 직감했다. 그 편지를 발견한 사람이 겪게 될 고통과 괴로움을 생각하면 여자는 몸이 오그라들 지경이었다. 특히 그 사람은 지근거리에 있으면서 여자에게 여러 해 동안 헌신과 친절을 다했기에 어떤 면으로는 한없이 소중한 존재였다.

여자는 침착하게 편지 더미에서 편지 한 통을 골라 맹렬히 타오르는 불길 속에 던져넣었다. 두 번째 편지를 던질 때까지도 여자는 차분함을 유지했지만, 세 번째부터는 발작하듯 손을 떨기 시작했고 네 번째, 다섯 번째, 여섯 번째 편지는 작심한 듯 숨쉴 틈도 없이 연달아 불 속으로 던져넣었다.

그러다 여자는 문득 손길을 멈추고 기진맥진한 듯 숨을 가빠 내쉬면서 사납고 고통에 찬 눈으로 불길을 물끄러미 응시했다. 아, 도대체 무슨 짓을 한 걸까! 무엇을 없애고 무엇을 남겼을까! 여자는 불안에 떨면서 앞에 놓인 편지 더미를 뒤지기 시작했다. 과연 가차 없이 없애버린 편지는 어떤 것이었을까? 부디 서로의 마음을 확인하기도 전에 용기를 내어 쓴 첫 편지는 아니기를. 아, 아니었다! 다행히도 그 편지는 무사했다.

여자는 기쁨에 벅차 웃음을 터트리며 편지를 들어 입술에 가져다 댔다. 이제 다른 소중하고 절절한 편지들이 걱정이었다. 편지에 적힌 통제되지 않는 격정의 언어들은 이미 오래 전에 여자의 뇌를 장악한 터라 오늘날까지도 생각하면 몸이 알아서 들끓곤 했다. 마침내 여자는 그편지를 찾아내 손에 꼭 쥐고 연거푸 키스를 퍼부었다. 여자는 희고 날카로운 치아로 편지의 모퉁이를 뜯어냈다. 이름이 쓰여 있던 종잇조각을 입에 집어넣은 후 그것이마치 신이 내린 음식이라는 되는 양 혀 위에 올려놓고 천천히 맛을 음미했다.

편지를 다 없애버리지 않아 얼마나 다행인지! 그것들없는 남은 날들은 공허했을 것이다. 지금처럼 편지를 손에 꼭 쥐거나 뺨과 가슴에 지긋이 가져다 대지 못했을 수도 있다고 생각하니 가슴이 미어졌다.

편지 속 남자는 여자의 피를 와인으로 바꿨고, 둘은그 맛에 취해 착란 상태에 빠졌었다. 그러나 지금은 여자의 품에 이 편지들만 남았을 뿐 모두 지난 일이 되었다. 여자는 편지를 발갛게 상기된 뺨에 대고 만족스러운 듯천천히 호흡했다.

여자는 이것들로 인해 날카로운 칼날에 찔리는 것보다 더한 고통을 받을 '다른 한 사람'이 상처를 덜 입고 편지를 처리하게 할 방법에 대해 생각하고 또 생각했다.

드디어 방법을 찾았다. 처음에는 다소 놀랍고 당황스러웠지만 의심하기에는 너무 확실한 방법이라는 결론에 도달했다. 물론 생의 끝이 다가오기 전에 직접 편지를 처분할 계획이었다. 그러나 그 끝이란 게 언제 어떤 식으로 올지 누가 알겠는가? 여자는 무엇보다 내용물의 정체를 알면 분명 상처를 입을 '다른 한 사람'에게 편지를 남김으로써 사고의 가능성을 없애기로 했다.

여자는 끝없이 이어지는 생각을 분연히 떨치고 일어나 흩어진 편지를 한데 모아 굵은 노끈으로 다시 묶었다. 그러고는 흰색 두꺼운 종이로 편지 다발을 포장했다. 그리고 뒷면에 잉크로 크고 분명하게 이렇게 썼다.

"이 물건을 남편에게 맡깁니다. 의리와 사랑이 충만한 분이시여, 부디 꾸러미를 열어보지 말고 처리해주시기 바랍니다."

여자는 물건을 꽁꽁 봉하는 대신 포장지가 들뜨지 않게 끈으로만 묶었다. 그래야 언제든 꺼내보면서 벅찬 심장 박동을 느끼던 시절의 꿈 같은 기억에 젖을 수 있을 테니까.

2

아내가 죽은 지 얼마 되지 않아 슬픔에 사무친 상태에서 그 편지 다발을 발견했다면 남편은 조금도 주저하지 않았을 것이다. 두말하지 않고 즉시 아내의 부탁대로 그 물건을 없애는 것이야말로 아내를 위한 자신의 기꺼운 헌신이라 여겼을 것이다. 아직 아내가 세상에 존재하는 듯한 환상에 사로잡힌 시점이었으므로 그렇게 하는 것만이 아내에게 이르는, 아내에게 자신의 사랑을 소리쳐 외치는 길이라 믿었을 터였다. 그러나 그때는 이미 아내가 죽음이 임박했음을 느끼고 책상으로 갈 요량이었는지 책상 열쇠를 움켜쥔 채 바닥에 쓰러진 상태로 발견된 봄날에서 몇 달이나 지나 있었다.

그날은 잎이 떨어지고 납빛 하늘에서 비가 쉴 새 없이 퍼붓던, 한 줄기 빛도 희망도 없던 일 년 전 그날과 분위기와 흡사했다. 남편은 우연히 아내의 책상 한구석에서 꾸러미를 발견했다. 아내가 일 년 전에 그랬던 것처럼 남편도 꾸러미를 가져가 테이블에 올려놓고 얼떨떨한 기분으로 종이에 쓰인 글귀를 내려다보았다.

　　"이 물건을 남편에게 맡깁니다. 의리와 사랑이 충만한 분이시여, 부디 이 꾸러미를 열어보지 말고 처리해주시기 바랍니다."

　　여자의 말은 틀림이 없었다. 어느새 나이 들어가는 남편의 얼굴에는 의리와 신뢰가 느껴졌고, 눈빛은 개처럼 충직하면서도 다정하게 빛났다. 난롯가에 어깨를 약간 구부리고 선 남편은 키가 크고 건장했다. 머리숱은 줄고 귀밑머리는 희끗희끗했지만, 얼굴은 기품 있어서 웃으면 꽤 호남형으로 보일 듯했다. 그러나 행동은 느렸다.
　　"열어보지 말고 처리해달라."
　　남편은 나지막한 소리로 메모를 다시 읽어보았다. '그런데 왜 열어보지 말라는 거지?'
　　물건을 손에 쥐고 앞뒤로 돌려가며 관찰한 결과 여러 통의 편지가 단단히 묶인 꾸러미 같았다.
　　그러니 남편에게 열어보지 말고 처리해달라고 아내가 부탁한 것은 바로 편지였다. 남편은 아내가 생전 비밀

이라고는 가져본 적이 없다고 믿었다. 남편이 아는 아내
는 차갑고 냉정하기는 해도 진실했으며, 무엇보다 남편
의 안위와 행복을 우선하는 사람이었다. 그러니 지금 남
편의 손에 들려 있는 물건은 다른 누군가가 아내에게 비
밀을 털어놓으며 보관해달라고 부탁한 것일지도 몰랐다.
아니다, 그랬다면 무슨 언질이라도 남겼겠지. 편지에 담
긴 비밀은 죽을 때까지 간직하고 싶었던 아내의 것임이
틀림없었다.

　만약 아내가 멀지 않은 한적한 어느 해변에서 기다리
고 있다가 손만 뻗으면 언제든 달려와줄 수 있는 상황이
었다면 남편은 조금도 주저하지 않았을 것이다. 희망과
확신에 차서 이렇게 생각했을 것이다. '만나기만 하면 아
내는 내게 허심탄회하게 다 얘기해줄 것이다. 그때까지
얼마든지 기다릴 수 있다.' 그러나 아득히 먼 천국에서
아내가 자신을 기다리고 있을 성싶지 않았다. 아내가 세
상에 태어나기 전부터 존재했던 광대한 우주 어디에도
아내의 흔적은 찾을 수 없었다. 아내는 자신이 죽고나면
남편이 그 편지를 발견하게 되리란 사실을 알면서도 도
저히 거부할 수 없을 확신에 찬 어조로 자신이 바라는 일
에 큰 의미를 부여했다. 남편은 과감하고 대담무쌍하며

기품 있는 아내의 행동에 오히려 감명을 받았으며, 그로 인해 자신이 보통 이상의 인간으로 격상된 듯한 우쭐함을 느꼈다.

하지만 여인이 죽음까지 안고 가리라 마음먹을 비밀이라면 하나밖에 없지 않을까? 그런 생각이 마음속에 떠오르는 순간 남자의 소유 본능이 피에 재빨리 잠입했다. 꾸러미를 쥐고 있는 손가락에 경련이 일면서 남편은 테이블 옆 의자에 힘없이 주저앉았다. 아내의 생각과 애정 그리고 삶을 외간남자와 자신이 공유했을지도 모른다는 의심이 들자 순식간에 명예와 이성은 온데간데없이 사라지고 고통이 밀려왔다. 남편은 손가락으로 한 번 튕기기만 해도 풀려버릴 나약한 끈 아래 '의리와 사랑으로 충만한' 강인한 엄지의 끝을 쑤셔넣었다. 편지는 이미 겉으로만 말을 거는 글씨가 아니라 영혼에 호소하는 목소리 같았다. 남편은 고통의 전율을 느끼며 고개를 숙여 편지를 내려다보았다.

한 번은 편지를 이마에 대고 투시력을 발휘하여 내용을 확인하듯 유심히 살폈다. 간절히 원하면 그런 재능이 잠시라도 생기지 않을까 싶었다. 그러나 남편이 느낀 거라곤 죽은 여인의 손길인 양 이마에 차갑게 와닿은 부드러운 종이의 감촉뿐이었다.

30분이 지나 남편은 드디어 머리를 들어올렸다. 모진 갈등에 시달렸지만 결국 의리와 사랑이 승리했다. 주름 진 얼굴은 고통으로 창백했지만 더는 뭔가를 확인하겠다는 생각을 접었다.

남편은 그 두꺼운 꾸러미를 불에 던져넣어 맹렬한 불길에 타들어가는 과정을 일일이 눈으로 확인하고 싶지는 않았다. 아내가 원한 바는 그런 게 아니었다. 남편은 자리에서 일어나 청동으로 된 무거운 문진을 테이블에서 가져와 꾸러미에 대고 끈으로 꽁꽁 묶었다. 그러고는 창가로 가서 거리를 내다보았다. 어둠이 내린 거리에는 여전히 비가 내리고 있었다. 창유리를 때리는 빗소리가 들렸고 가로등에 어린 옅은 노란색 불빛 사이로 빗줄기가 보였다.

남편은 외출 준비를 한 후 문진을 대고 묶은 꾸러미를 외투 주머니에 깊숙이 집어넣었다. 그 시각에는 다들 바쁘기 마련이지만 남편은 전혀 서두르지 않았다. 우산을 썼는데도 얼굴을 때리는 빗줄기와 골수를 파고드는 냉기는 피할 수 없었다. 남편은 이 모든 것에 아랑곳하지 않고 오래도록 천천히 한 발 한 발 새기듯 걸음을 옮겼다.

그가 사는 곳은 도시의 번화가에서 그리 멀지 않았다. 남편은 오래지 않아 두 도시를 가르며 흐르는 깊고 넓고 물살 빠른 강을 가로질러 놓인 다리의 입구에 도착했다. 남편은 다리 정중앙으로 들어섰다. 바람이 통곡하듯 세차게 불었고 사방은 칠흑같이 어두웠다. 그가 떠나온 도시를 밝힌 수많은 불빛은 밤하늘의 별 같았다. 그를 광대무변하고 검은 우주에 홀로 버려둔 채 신비롭고 머나먼 수평선으로 가라앉으며 무심히 빛나는.

남편은 주머니에서 꾸러미를 꺼낸 후 다리의 넓은 돌난간 위로 최대한 몸을 구부린 다음 편지를 강으로 던져버렸다. 꾸러미는 손에서 곧장 빠르게 떨어졌다. 주변이 온통 까마득하게 어두워서 떨어지는 모습이나 소리는 느껴지지 않았다. 꾸러미는 우렁잇속 같은 아득한 공간으로 조용히 사라졌다. 그제야 아내가 가버린 미지의 세계로 그 물건을 되돌려준 것 같았다.

3

한두 시간 후 남편은 그날 저녁 식사에 초대한 사람 서넛과 테이블에 앉아 있었다. 그러나 여자가 죽을 때까지 간직하고픈 비밀은 결국 하나밖에 없다는 확신이 뇌리를 떠나지 않고 짓눌렀다. 한 가지에 천착하니 의심은 갈수록 커졌다. 가슴을 옥죄는 고통으로 숨쉴 때마다 괴로웠다.

그 자리에 모인 남자들은 이제 더 이상 친구가 아니었다. 한 사람 한 사람이 잠재적인 적으로 느껴졌다. 남편은 주변의 대화를 귓등으로 흘리면서 아내가 생전에 이들을 어떤 식으로 대했는지 떠올려보았다. 당시에는 전혀 의심하지 않았던 표정의 섬세함과 대화 내용, 그저 실생활에 도움 되는 정보를 주고받는 것 같아 보였던 말에 숨은 미묘한 의미를 상기해내려고 안간힘을 썼다.

남편은 여자 얘기로 화제를 돌려 그들의 견해와 경험을 끌어내려 했다. 그들은 하나같이 자신에게는 어떤 여자든 홀딱 반하게 만들 매력이 있다고 떠벌렸다. 전에도 똑같은 친구들이 모여 이런 식으로 허장성세를 떨었지만 그때는 그다지 기분이 나쁘지 않았다. 그러나 오늘 밤에는 그들이 무의미하게 내뱉는 노골적인 말이 하나같이 귀에 거슬렸고 한마디 한마디에 의미가 부여되며 전에 없던 가능성으로 연결되었다.

친구들이 돌아가자 남편은 기뻤다. 자고 싶지도 않고 잘 수도 없었지만 간절히 혼자 있고 싶었던 것이다. 남편은 아내가 인생의 대부분을 보냈던, 그리고 그 편지들이 발견됐던 방으로 다시 가보고 싶어 미칠 지경이었다. 어딘가에 분명 편지가 더 있을 것 같았다. 미처 챙기지 못한 메모라든지, 거역하기 힘든 명령 때문에 차마 건드리지 못한 곳에 아내의 생각을 알아볼 수 있는 표현들이 적혀 있을지 몰랐다.

보통이었으면 잠들었을 시각이지만 남편은 아내의 책상 앞에 앉아 서랍과 사진첩, 서류함 등을 구석구석 뒤지기 시작했다. 읽지 않은 것이 없도록 뭐든 꼼꼼히 살폈다. 찾아낸 편지는 대개 오래된 것들이었다. 전에 읽은 것도 있고 생소한 것도 있었다. 그러나 여태 철석같이 믿었던 아내가 실은 부정했음을 증명해줄 흔적은 어디에도 없었다. 밤을 거의 꼬박 새운 후 수색은 결실 없이 끝났다. 어렵사리 잠깐 눈을 붙였지만 분하고 기괴한 꿈이 남편을 괴롭혔다. 꿈에서 남편은 세차게 흐르는 깜깜 어두운 강물에 자신의 심장과 의욕과 삶을 모조리 흘려보냈다.

잠에서 깨서는 여자들이 무의식중에 감정을 드러내는 대상이 비단 편지만은 아니라는 데 생각이 미쳤다. 특히 사랑에 빠진 여자는 시나 소설에 나오는 감상적이고 공감 가는 문구에 표시함으로써 자신의 감춰진 마음을 드러내는 경우가 많았다. 아내도 그랬을지 모를 일이 아닌가?

그래서 이번에는 아내의 방을 가득 채운 소설과 시집, 철학서들을 한 장 한 장 넘기는, 첫 번째보다 더 고되고 험난한 작업에 착수했다. 아내는 방에 있는 책을 다 읽은 모양이었지만 남편이 손에 들고 있다가 강에 던져버린 비밀과 관련한 실마리를 줄 만한 내용은 어디에도 없었다.

남편은 아내가 했을 생각을 간접적으로나마 알아내기 위해 차근차근 끈기 있게 이것저것 의심스러운 눈으로 보기 시작했다. 맨 먼저 아내는 삶을 대하는 시선이 차가워서 좀처럼 공감하지 않았다는 사실을 알게 됐다. 어떤 책은 아내의 지적 우월함을, 또 어떤 책은 아내의 재주를 증명해 보였다. 비록 온화한 표현과 생기는 부족하지만 병들기 전 아내는 충분히 아름다운 여인이었음을 상기시키는 책도 있었다. 메모 중에는 아내의 친절과 관대함을 찬양하는 것이 많았고, 현명함과 재치를 칭찬하는 내용도 더러 있었다. 남자와 관련한 것을 찾으려는 노력 자체가 쓸모없는 일이었다. 모두 여자들이 말하는 여자에 관한 얘기들뿐이었다.

그들의 말에는 조금의 거리낌도 없었다. 그들은 한결같이 존경이나 찬탄이 아니라 사랑의 대상으로 아내를 대했다.

4

그런데도 '여자가 죽음까지 가지고 갈 비밀은 한 가지밖에 없다'는 생각에는 변함이 없었기에 남편은 마음의 안정을 찾을 수 없었다. 꿈인 듯 아닌 듯 뿌옇고 흐린

낮과 밤이 남편을 지근대기 시작했다. 행복을 희생하는 한이 있더라도, 남편은 자신이 두려워하는 최악의 상황을 확인하기만 하면 오히려 마음의 평화를 되찾을 것 같았다.

이제 남편에게는 사람이 오고 가고, 아이가 나서 자라고, 결혼하고 죽는 일이 중요하지 않았다. 우연한 기회에 돈이 들어오거나 새어나가도 전혀 의미가 없었다. 세상에 존재하는 어떤 오락도 남편에게는 공허하고 쓸모없었다. 앞에 놓인 음식과 술도 맛을 모른 채 먹고 마신 지 오래였다. 남편은 이제 해가 뜨든 구름이 낮게 깔리든 신경 쓰지 않았다. 심신이 피폐한 가운데 엄청난 위해가 가해져 존재 자체가 산산이 조각나버린 느낌이었다. 이제 남편에게는 자신이 손수 강에 던져버린 수수께끼를 풀고 싶은 간절한 소망뿐이었다.

별 하나 없는 칠흑 같은 어느 날 밤, 남편은 허위허위 길을 나섰다. 이제 더는 사람들에게 뭔가를 기대하지 않았다. 그들은 감히 말하지 못하거나 차마 말할 수 없는 모양이었다. 오직 강만이 알 것이다. 남편은 어둠이 자신을 에워싼 채 남자다움을 앗아가버린 그날 이후로 수도 없이 와서 서곤 했던 다리를 찾아가 그 위에 우뚝 섰다.

오직 강만이 알리라. 돌돌돌 흐르는 강물에 귀를 기울였지만 분명한 하나를 제외하고는 아무것도 들리지 않았다. 강물은 위무하듯 남편에게 평화와 달콤한 휴식을 약속했다. 강물은 남편의 귀에 초대의 노래를 속살거렸다.

잠시 후 남편은 아내를 찾으러 길을 나섰다. 한없이 편안한 상태로 아내를 만나 아내의 비밀을 듣고 헤아리기 위해 어둡고 먼 길을 떠났다.

라일락

1

에드리언 파히발이 기별을 넣지 않았는데도 수녀들은 언제 그녀가 나타날지 훤히 알았다. 라일락 향기가 공기 중에 퍼지기 시작하면 아가스 수녀는 더없이 행복한 얼굴로 하루에도 수십 번 창가에 서서 다른 순수하고 소박한 영혼들과 함께 그들이 사랑해 마지않는 여인이 오기를 기다렸다.

정작 수녀원으로 이어지는 매끈한 잔디를 통과하는 여인을 맨 먼저 발견한 사람은 아가스 수녀가 아니라 마르셀린 수녀였다. 여인은 오는 길에 꺾어 모은 라일락을 한아름 가슴에 안고 있었다. 여인의 옷은 온통 갈색이다. 수녀들은 여인의 모습이 봄에 날아드는 어떤 새와 닮았다고 했다. 여인은 몸매가 풍만하고 우아했으며 걸음걸이는 자신감과 활기에 넘쳤다. 여인을 태운 컨버터블이 수녀원의 중후한 입구 앞 자갈길로 천천히 굴러들어왔다. 운전사 옆에는 작고 소박한 검은색 트렁크가 놓여 있었다. 거기에는 흰 글씨로 이름과 주소가 쓰여 있었다.

'A. 파히발, 파리'.

마르셀린 수녀가 자갈길을 구르는 차 소리로 여인의 등장을 알아채자 곧 작은 소동이 시작되었다.

흰 두건을 쓴 머리들이 삽시에 창문으로 모여들었다. 여인은 그들에게 양산과 라일락 다발을 흔들어 보였다. 기대에 부푼 마르셀린 수녀와 마리 앤 수녀가 출입구로 뛰기 시작했다. 그러나 아가스 수녀가 누구보다 과감하고 빨리 계단을 뛰어내려가 잔디밭을 가로질러 여인을 맞으러 달려갔다. 그러고는 라일락이 찌그러지도록 격하게 여인을 껴안고 열정적인 키스를 퍼부었다. 두 여인의 뺨이 행복에 겨운 홍조로 불타올랐다.

수녀원에 들어선 에드리언은 부드러운 갈색 눈에 눈

물까지 글썽이며 익숙한 물건들을 하나하나 애무하듯 천천히 둘러보았다. 흰 바닥은 여전히 빛이 났다. 복도와 응접실 벽에 기대선 딱딱한 나무 의자들은 지난 라일락의 계절 후에 덧칠된 모양이었다. 홀 탁자 위에는 사크레 쾨르 사원의 최신 사진이 걸려 있었다. 저 사원이 오랫동안 명예로운 지위를 차지했던 성녀 카트린 드 시엔과 무슨 관계라도 있었던 것일까? 에드리언의 눈은 속일 수 없어서 소 예배당에 있는 성 요셉의 망토가 파란색으로 바뀌었고, 머리에 두른 둥근 테가 다시 도금된 것이 한눈에 들어왔다. 그런데 성모 마리아는 그대로였다! 옷차림도 지난해와 같아서 상대적으로 우중충해 보였다. 이런 편파적인 대접이라니! 성모가 질투하고 불평할 법했다.

더 머무르고 싶은 마음을 떨치고 에드리언은 서둘러 원장 수녀에게 인사드리러 갔다. 위엄 있는 원장 수녀가 옛 수습 수녀 하나 마중하겠다고 숙소 밖으로 여러 걸음을 하게 할 수는 없었다. 실제로 위풍당당하고 도도하고 타협을 모르는 원장 수녀는 에드리언을 보자 냉랭한 태도로 살짝 입을 맞춘 후 15분 동안이나 따분하고 별 영양가 없는 얘기를 읊어댔다.

드디어 에드리언이 가져온 선물을 검사하는 시간이 돌아왔다. 에드리언은 해마다 예배에 필요한 멋진 물건들을 작고 검은 트렁크에 넣어 가지고 왔다. 작년에는 성모 마리아의 목에 걸 보석 목걸이를 선물로 가져왔다. 대축일 같은 특별한 행사에만 허락되는 물건이었다. 그 전해에는 끝이 은으로 세공된 흑단 십자가에 상아색 예수가 못 박힌 귀중한 십자가상이었다. 이번에 가져온 선물은 수가 놓인 귀하고 섬세한 리넨 제단포였다. 그런 물건들의 가치를 잘 아는 원장 수녀는 선물이 너무 과하다고 에드리언을 꾸짖었다.

"하지만 원장 수녀님, 일 년에 한 번 여기 오면서 감사의 표시로 이런 소소한 물건을 가지고 오는 게 저한테 얼마나 큰 기쁨인지 아시잖아요."

원장 수녀는 할 수 없다는 듯 에드리언에게 말했다. "푹 쉬거라. 테레즈 수녀가 너한테 필요한 것들을 준비해 줄 게다. 예배당 위 끝방에 있는 마르셀린 수녀의 침대를 쓰거라. 방은 아가스 수녀와 같이 쓰면 될 거다."

수녀원에서 머무는 2주 동안 수녀 한 명이 늘 에드리언과 동선을 함께하도록 배정되었다. 이는 이제 거의 정해진 규칙이었다. 에드리언이 다 같이 어울릴 수 있는 때는 레크리에이션 시간뿐이었다. 그 시간만큼은 수녀 식당이나 나무 그늘에서 흥허물없이 신나게 놀 수 있었다.

올해 원장 수녀의 방 앞에서 에드리언을 기다린 사람은 아가스 수녀였다. 아가스 수녀는 에드리언보다 키가 크고 야위었으며 나이는 열 살쯤 많아 보였다. 수녀의 흰 얼굴은 여러 감정으로 확 달아올랐다 창백하게 식곤 했다. 두 여인은 팔짱을 끼고 함께 밖으로 나갔다.

아가스 수녀는 에드리언에게 보여주고 싶은 것이 너무 많았다. 맨 먼저 닭 수십 마리를 새로 들여 규모가 커진 양계장으로 안내했다. 평수녀 한 명이 그곳을 전적으로 맡아 닭들을 관리했다. 텃밭은 별로 변하지 않았지만, 아! 변한 게 있었다, 매 같은 에드리언의 눈을 피해 가지 못했다. 작년에 필리프 아저씨는 큰 밭의 오른편에 배추를 심었다. 올해는 배추가 왼편에 있는 기다란 화단을 차지하고 있었다. 에드리언이라면 당연히 그렇게 사소한 것까지 알아채야 마땅하다고 생각하며 아가스 수녀는 또 웃음이 났다. 얼마 멀지 않은 곳에서 부서진 격자 구조물에 못을 박던 필리프 아저씨를 불러 화단 얘기를 들어보기로 했다.

필리프 아저씨는 해마다 에드리언에게 얼굴색이 좋

고 점점 어려지는 것 같다는 덕담을 잊지 않았다. 그리고 여러 해 전에 에드리언이 했던 짓궂은 장난질을 소환해 내며 아주 재밌어 했다. 에드리언이 사라져서 온 수녀원이 발칵 뒤집혔던 날을 평생 잊지 못하리라! 그때 먼발치에서라도 파리를 보겠다고 뜰에서 가장 키 큰 나무의 꼭대기에 기어 올라가 가지에 아슬아슬하게 걸터앉아 있는 에드리언을 발견한 사람도 필리프 아저씨였다. 그 일로 나중에 에드리언이 받게 된 벌은 종려 주일 기도 절반을 암기하는 것이었다.

"필리프 아저씨, 그러던 아이가 이제 어엿한 어른이 됐어요."

"아가스 수녀님, 어릴 때 바보짓 한 사람이 커서는 멀쩡해지는 경우가 아주 많답니다."

에드리언이 말은 그렇게 했지만 아가스 수녀와 정원사 필리프 아저씨의 관심에 퍽 감동한 얼굴이었다.

잠시 후 투박한 벤치에 앉아 깨끗하고 아름다운 경치를 내려다보며 에드리언이 아가스 수녀의 손을 잡고 가볍게 톡톡 두드리며 말했다.

"수녀님, 4년 전 제가 첨 왔던 날 기억하세요? 그때 모두들 깜짝 놀랐었잖아요!"

"그걸 어찌 잊겠어요!"

"저도 그날 아침은 아마 평생 못 잊을 거예요. 그때 전 다시는 기억하기 싫을 만큼 가슴이 답답한 상태로 길을 걷고 있었어요. 그런데 갑자기 달콤한 라일락 향기가 바람에 실려왔어요. 어떤 여자아이가 라일락을 한아름 안고 옆을 지나갔던 거예요. 그거 아시죠, 아가스 수녀님? 냄새나 향기가 기억을 가장 생생하게 되살린다잖아요."

"그런 것 같아요, 에드리언. 얘기를 하니 말인데 잔 수녀가 빵만 구우면 신선한 빵 냄새와 더불어 시어지에 사는 우리 이모네 큰 주방과 화사한 창가에 앉아 뜨개질하던 다리 다친 사촌 줄리가 생각나요. 그리고 첫영성체 받던 날 맡았던 인동덩굴의 달콤한 향기는 아마 이번 생에는 다시 맡지 못할 거예요."

"맞아요, 아가스 수녀님. 라일락 향기를 맡으면 침울했던 기분이 확 바뀌더라고요. 그 길, 그 길에서 나는 소음, 그곳을 지나는 행인들이 마법처럼 제 의식에서 싹 사라져버려요. 그러고는 지금처럼 푸른 풀밭에 발을 파묻고 선 듯한 기분이 들죠. 눈에는 낡은 흰 돌담 틈으로 새어 나오는 햇빛만 보이고, 귀에는 지금 듣는 것과 같은 새소리와 곤충의 웅웅거리는 소리만 들려요. 빽빽한 가지에 매달린 라일락 꽃송이가 오라고 손짓하는 것 같고 향기 때문에 숨쉬기도 어려워요. 아가스 수녀님, 올해는 라일락이 더 풍성한 것 같아요. 그래서 미칠 것 같았어요. 저도 저를 어떻게 할 수가 없었어요. 그때 제가 어디로 가는 길이었는지 지금은 기억도 나지 않아요. 완전히 신열에 들떠 집으로 되돌아갔죠. 그러곤 외쳤어요. '소피! 내 트렁크, 얼른, 검은 거 빨리 가져와! 옷 몇 벌만 챙겨! 나 갈 거야. 아무것도 묻지 마. 2주 후에 돌아올게.' 그때 이후로 매년 그래요. 라일락 향이 훅 끼치면 떠나야 해요. 아무도 못 말려요."

"나도 라일락 덤불을 보면서 에드리언을 기다려요. 에드리언이 오지 않으면 봄은 봄이 아니에요. 봄은 왔는데 해가 뜨지 않고 새가 울지 않는 것과 같아요.

근데 그거 알아요? 에드리언이 좀 전에 말한 것처럼 기운이 죽 빠지는 순간이 나는 무서울 때가 있어요. 고통받는 자들에게 위로와 안식을 주고, 사랑하고 공감해줄 준비가 된 하늘에 계신 우리 성모 마리아께 드리는 마음과 이 마음이 혹시 다르지는 않을까 걱정돼요."

"아가스 수녀님, 전 별로 두렵지 않아요. 수녀님은 평소에 제가 얼마나 짜증 나는 일이 많은지 상상도 못 할 거예요. 소피만 해도 정말 밉살스럽게 나를 괴롭혀요! 소피 하나 때문에라도 저는 생 라자르 역으로 달려가게 된다니까요."

"그렇겠죠. 세상을 살아가려면 시련이 많은 법이죠. 이해해요, 에드리언. 특히 우리 가엾은 에드리언은 수녀원을 나간 후 많은 걸 혼자 감당해야 했을 테니 더 힘들었을 거예요. 하지만 우리 주님이 각자에게 맡겨주신 삶을 숙명으로 받아들이고 살다보면 편해지는 날도 올 거예요. 에드리언은 가계도 책임져야 하고, 신명을 바칠 음악도 있잖아요. 그리고 우리 곁에는 늘 우리의 손길을 기다리는 가난하고 고통받는 자들이 있다는 걸 잊지 말아요."

"잠깐만요, 아가스 수녀님. 저기 초원 끝에서 걸어오는 사람 라 로제 아니에요? 자기 하얀 이마에 아직 키스도 안 해줬다고 화가 나서 저한테 따지러 오나 봐요. 가서 만나볼까요?"

두 여인은 몸을 일으켜 이번에는 손을 맞잡고 빽빽이 자란 풀숲을 지나 넓고 평평한 목초지와 숲에서 흘러나오는 차고 맑은 개울로 이어진 경사진 길을 걸어 내려갔다. 아가스 수녀는 수도자다운 침착한 걸음걸이였고, 에드리언은 최대한 살짝 발을 딛으며 땅과 교감하듯 균형 있는 동작으로 경쾌하게 걸었다.

둘은 목초지와 수녀원을 가르는 좁은 개울에 이른 후 징검다리 위에서 한참을 서 있었다. 에드리언은 서서히 노을 지는 광경을 보면서 부드러운 표정의 수녀와 낮은 목소리로 여유롭게 대화하는 이 순간이 이루 형언할 수 없을 만큼 소중했다. 주변의 고요를 깨는 거라곤 돌돌돌 흐르는 물소리와 멀리서 우는 소 떼의 울음소리뿐이었다.

그때 수녀원 탑에서 저녁 종이 울려 퍼졌다. 두 여자는 저도 모르게 무릎을 꿇고 앉아 가슴에 성호를 그었다. 아가스 수녀는 삼종기도(날마다 오전, 정오, 오후에 세 번 종을 칠 때마다 드리는 기도—역주)를 드렸고 에드리언은 거기에 음을 붙여 노래로 기도를 따라 했다.

"주님의 천사가 마리아께 아뢰니,

성령으로 잉태하셨나이다."

짧은 기도를 마친 후 둘은 일어나 수녀원을 향해 발길을 돌렸다.

그날 밤 에드리언은 순수한 듯하면서도 미묘한 기쁨을 느끼며 잠자리를 준비했다. 함께 쓰게 된 아가스 수녀의 방은 티 하나 없이 깨끗했다. 벽에는 천사들이 오르내리는 사다리의 발치에 잠든 야곱을 그려 넣은 화려한 그림 한 점만 걸려 있을 뿐 창백할 정도로 희었다. 부드러운 노란색과 흰색으로 된 바닥에는 깔끔한 침대 두 개와 작은 회색 양탄자 조각이 놓였고 전체적으로 횡했다. 흰 휘장이 처진 침대의 머리 부분에는 스펀지에 흡수된 성수를 담은 그릇 두 개가 놓여 있었다.

아가스 수녀는 커튼 뒤에서 소리 없이 옷을 벗은 뒤 희미한 촛불에 그림자도 드러내지 않고 침대로 미끄러져 들어갔다. 에드리언은 가벼운 발걸음으로 방을 돌아다니며 천천히 옷을 털어 갠 다음 어릴 때 수녀원에서 배운 대로 의자 등에 걸쳤다. 말은 하지 않았지만, 아가스 수녀는 사랑하는 에드리언이 어릴 때 습관을 그대로 간직한 것이 기뻤다.

에드리언은 좀체 잠을 잘 수 없었다. 자고 싶지 않았다. 잠에 빠져버리기엔 이 시간이 너무 소중했다.

"에드리언, 안 자요?"

"네, 아가스 수녀님. 첫날 밤은 늘 이래요. 잘은 모르겠지만 여기 온 게 너무 기뻐서 못 자는 것 같아요."

"성모송(성모 마리아에게 바치는 기도—역주)을 반복해서 외워봐요."

"해봤어요. 별 도움이 안 돼요."

"그럼 옆으로 조용히 누워서 호흡에만 집중해봐요. 그 방법을 써서 잠 못 잤다는 사람 별로 못 봤어요."

"그래볼게요, 수녀님. 잘 자요."

"잘 자요. 성모 마리아가 에드리언을 잠재워주시길."

한 시간 후 에드리언은 눈을 말똥말똥하게 뜬 채 침대에 누워서 아가스 수녀가 내는 규칙적인 숨소리를 듣고 있었다. 우듬지 사이를 스쳐 지나는 바람과 쉴새 없이 흐르는 개울물 소리가 밤새 희미하게 들렸다.

그 후 2주 동안은 도착 첫날의 평화롭고 무사한 분위기가 계속 이어졌다. 다른 것이 있다면 에드리언이 매일 아침 이른 시간에 수녀원 예배당에서 진행되는 미사에 충실히 참여했고, 일요일에는 성가대에서 쾌활하고 세련된 목소리로 노래를 불러 주변에 기쁨과 평안을 준 일 정도였다.

에드리언이 떠나는 날이 되자 아가스 수녀는 다른 사람들처럼 정문에서 작별 인사하는 것으로는 성에 차지 않았다. 수녀는 끝까지 기분 좋게 수다를 떨며 천천히 움직이는 컨버터블 옆을 따라 걸었다. 그러다 더는 갈 수 없게 되자 길섶에 멈춰 서서 손수건을 흔드는 에드리언의 인사에 손을 흔들어 작별 인사를 했다.

네 시간 후 아가스 수녀는 견습 수녀들에게 영성체 수업을 하다 말고 고개를 들어 시계를 보며 중얼거렸다. "이제 에드리언이 집에 도착했겠구나."

2

그 시간 과연 에드리언은 집에 있었다. 다시 파리의 품에 안긴 것이다.

아가스 수녀가 시계를 올려다본 바로 그 시각에 에드리언은 우아한 네글리제를 입고, 휘황찬란한 안락의자에 깊숙이 몸을 파묻은 채 비스듬히 누워 있었다. 방은 환했지만 언제나처럼 엉망진창이었다. 열린 피아노 위에는 악보가 아무렇게나 흩어져 있었다. 의자 등마다 신기하고 놀라운 스타일의 옷가지가 어지럽게 걸쳐져 있었다.

창가에 놓인 크고 화려한 새장 안에 뒤퉁스럽게 걸터 앉은 것은 초록색 앵무새였다. 나들이옷 차림의 젊은 아가씨 하나가 새에게 말을 시키려고 안간힘을 썼고, 새는

멍청하게 소녀를 마주하고 눈만 끔뻑거렸다.

방 한가운데에는 주인인 에드리언에게 눈엣가시 같
은 소피가 서 있었다. 소피는 양손을 앞치마 주머니에 깊
숙이 찔러 넣은 채 권태로워 죽을 지경인 두 젊은 여자에
게 열변을 토했다. 강조하여 이야기할 때마다 희끗희끗
한 머리에 쓴 빳빳하게 풀 먹인 흰 모자가 덜렁거렸다.

"제가 아가씨와 함께 지낸 6년 동안 얼마나 참고 참았
는지는 하늘이 알고 땅이 압니다. 하지만 지난 2주 동안
매니전가 뭔가 하는 양반한테 당한 수모만 할까요! 아가
씨가 멀리 가셨다고 얘기했는데도 그날 바로 그 양반이
사자처럼 달려와설랑은… 예, 사자 같더이다, 아가씨의
행방을 알아야겠다고 난리지 뭡니까. 제가 저 밖 광장에
동상 있는 거나 알지 다른 건 모른다고 했더니 거짓말쟁
이라나요! 저, 저보고 거짓말쟁이랍디다! 그 양반이 자기
는 망했다고 그러더만요. 아가씨가 공들여 만들어놓은
'길버타 소녀' 역할을 통나무처럼 빳빳하게 춤추고 샹탕
카페 수습 가수처럼 부르는 사람이 맡으면 관중들이 가
만있을 리가 없다고요. 그래도 어쩔 수 없이 다른 사람이
맡아야지 다른 도리가 없지 않냐고 말했다간 그 양반 머
리에 남아 있던 몇 안 되는 머리카락도 무사하지 못할 것

같아 참았습니다.

　그렇다고 그 양반이 달리 뭘 어쩔 수 있었겠어요. 할
수 없이 관객들한테 아가씨가 아프다고 말했고 그다음엔
제 차례였죠! 여기저기서 전화 오고, 카드와 꽃이 날아들
고, 점심으로 산해진미가 배달되고… 하긴 그 바람에 플
로린과 제가 요리를 많이 안 해도 돼서 좋긴 했지만요.
사람들한테는 계속 의사가 아가씨한테 공기 좋은 데 가
서 두 주 정도 쉬다 오라고 했다고 거짓말을 했어요. 어
딘지 이름은 잊어버렸다고 둘러댔지요 뭐!"

　에드리언은 반쯤 눈을 감은 채 재밌다는 듯 소피를 바
라보면서 무릎에 놓인 온실 장미를 소피에게 던졌다. 그
렇게 하려고 일부러 우아한 줄기에서 장미를 짧게 잘라
낸 참이었다. 꽃이 소피의 얼굴을 때렸지만, 소피는 전혀
당황하지 않고 하던 말을 계속 퍼부었다.

　"아, 에드리언!"

　앵무새 새장 옆에 있던 젊은 아가씨가 애원하듯 말했
다.

　"소피 좀 조용히 시켜봐. 제발 어떻게 좀 해. 이래서야
어떻게 조조가 말하는 걸 듣겠어. 벌써 열 번도 넘게 말
을 시켰는데 안 한단 말이야! 소피가 너무 떠들어서 조조

69

가 혼이 나갔나 봐."

"사랑하는 나의 소피."

에드리언이 태도를 바꾸지 않고 말했다.

"이제 장미도 다 떨어졌어. 계속 떠들면 이제 아무거
나 손에 잡히는 대로 막 던질 거야."

그러고는 아무 생각 없이 옆 테이블에서 책 한 권을
집어 들었다.

"이거 뭐지? 오, 에밀 졸라! 소피, 내 경고하는데 에밀
졸라 책은 무게가 상당해서 맞으면 충격이 클걸. 다시 일
어설 수 있으려나 몰라."

"농담 한번 오지네요. 제가 저걸 맞고 불구가 되면, 그
래서 문밖으로 내쳐지면 아가씨는 양심도 자비도 없는
여자라고 말해버릴 거예요. 아가씨가 하듯 저도 한 남자
를 고문하는 거죠! 남자? 아냐. 그 사람은 천사예요. 그분
은 매일 맥 빠진 슬픈 얼굴을 하고 나타났어요.

'소피, 무슨 소식 없어?'

'네, 없습니다. 헨리 나리.'

'아가씨 어디 갔는지 정말 몰라?'

'광장에 동상이 있는 것밖에 제가 뭘 알겠습니까요.'

'혹시 영 안 오는 건 아니겠지.'

이러면서 얼굴이 저 커튼처럼 창백해지더라구요.

아가씨가 2주 후면 오실 테니 부디 인내심을 가지고 기다리시라고 제가 간청했죠. 나리는 힘없이 발을 질질 끌면서 아가씨 방에 들어가서 아가씨 부채며 장갑이며 악보를 손에 쥐고 이리저리 돌려보더군요. 아가씨가 빨리 출발 안 한다고 안달 나서 슬리퍼를 벗어 제게 던진 걸 제가 일부러 서랍장에 떨어진 대로 놔뒀는데, 아 어쩌나 싶어 보니 제가 옆에 있는 줄도 모르고 나리가 그걸 들고 입을 맞추고는 주머니에 집어넣더라고요.

맨날 와서 똑같은 소리만 하시길래 제가 수프를 맛있게 끓여놨으니 제발 좀 드시라고 빌어도 '내가 어찌 먹겠나.' 이랬어요. 하루는 밤에 또 나타나서는 창가에 서서 한참 별을 올려보더만요. 고개를 돌리고 얼굴을 비비는데 글쎄 눈이 벌겋더라고요. 나리는 먼지 많은 곳을 통과해왔더니 티끌이 눈에 들어갔나보다 했지만, 왜 모르겠어요. 울고 있었던 거지요.

맹세코, 저라면 아가씨처럼 잔인하게 구는 사람 깔끔하게 잊고 쌩 돌아섰을 거예요. 밖에 나가 맘껏 즐길 거라구요. 젊다는 게 뭐예요!"

에드리언이 웃으며 자리에서 일어났다. 가서 소피의

어깨를 잡고는 머리에 쓴 하얀 모자가 떨릴 정도로 몸을
앞뒤로 흔들었다.

"소피, 뭘 그리 장황하게 늘어놔? 매해 똑같은 얘긴
걸! 내가 기차 타고 먼지 흠뻑 뒤집어 써가며 먼 길 달려
온 참이라 지금 배고프고 목말라 죽을 지경이란 거 잊었
어? 얼른 샤토디켐 한 병하고 비스킷, 담배 가져다줘."

소피는 얼른 문으로 향했다.

"참, 소피! 헨리가 아직 기다리고 있으면 올라오라고
해줘."

3

그로부터 정확히 1년이 지났다. 다시 봄이 왔고 파리
도 봄기운으로 홍청거렸다.

소피는 주방에 앉아서 소소한 주방기구 몇 개를 빌리
러 온 이웃에게 열변을 토했다.

"있지, 로잘리. 우리 아가씨한테는 일 년에 한 번 광기
가 찾아오는 게 분명해. 내가 다른 사람한테는 절대 말

안 하는데, 넌 어디 가서 얘기할 염려가 없으니 말할게. 우리 아가씨 치료 좀 받아야 할 것 같아. 용한 의사를 대야 한다니까. 그냥 놔뒀다간 큰일 나지, 암.

오늘 아침에 천둥처럼 그게 또 찾아왔지 뭐야. 내가 여기 앉아 있는데, 그때까지 아가씨는 여행의 '여' 자도 꺼내지 않았었거든. 근데 제빵사가 주방에 와서, 너 알지? 한 여자밖에 모르고 태도도 무지 정중한 그 제빵사 말이야. 그 사람이 테이블에 빵을 내려놓고 그 옆에 라일락도 한 다발 올려놓더라고. 난 아직 라일락이 핀 줄도 몰랐어. 그 사람이 '플로린 양께 좀 전해주십시오' 하면서 바보 같이 웃더라.

너도 알겠지만, 제빵사가 준 꽃을 전해주겠다고 일하는 플로린을 부를 수는 없잖아. 그렇다고 꽃을 시들게 할 수는 없어서 꽃을 들고 식당에 갔어. 손잡이가 부서진 마욜리카 도자기를 식기장 위 칸에 둔 기억이 나서 그걸 가져오려 했지. 그런데 그날따라 일찍 일어난 아가씨가 목욕을 마치고 하얀 실내가운을 입은 채 식당과 연결되는 복도를 지나가다가 난데없이 식당으로 머리를 들이밀고 큼큼 냄새를 맡더니 냅다 소리를 지르는 거야. '이거 무슨 향기지?

73

내 손에 있는 꽃을 보더니 갑자기 쥐새끼를 본 고양이처럼 꽃 위에 엎어지네. 꽃다발을 끌어안더니 거기 얼굴을 묻고 한참 동안 '아!' 하고 신음을 하더라고!

그러더니 갑자기 '소피, 나 가야 해. 검은색 트렁크 꺼내와. 평범한 옷 몇 개 하고, 한 번도 안 입은 갈색 원피스도 준비해줘.' 이러네.

'하지만, 아가씨. 내일 드신다고 100프랑이나 주고 아침 식사 주문한 거 잊었어요?' 하고 내가 맞섰지.

'시끄러워!' 아가씨는 발까지 굴리면서 고래고래 소리를 질렀어.

'매니저가 또 불같이 화내면서 저한테 욕을 퍼부을 거예요.' 나도 지지 않고 계속 매달렸어. '지구에 발을 디딘 천사 같은 헨리 나리한테 또 작별인사 한마디 안 하고 갈 거예요?'

'잘 들어, 로잘리.' 라고 하는데 아가씨의 눈이 이글거리는 거야.

'당장 시키는 대로 해. 안 그러면 헨리 나리, 매니저와 함께 소피 네 목도 졸라버리고 100프랑도 뺏어버릴 거야.' 이러더라고."

"맞네, 미친 거네. 우리 사촌 중에도 하루아침에 그런 식으로 정신이 나가버린 애가 있어. 걔는 송아지 간에 양파 넣고 튀기는 냄새를 맡고 그 지경이 됐지. 그날이 채 지나기도 전에 남자 두 명이 와서 데려갔어."

로잘리가 맞장구치며 말했다.

"미친 줄은 알겠는데, 로잘리, 죽을까 봐 겁나서 한마디도 못 하겠더라. 그저 조용히 명령을 따랐지. 그래서 지금 봐, 아가씨 없어! 어디 갔는지 누가 알겠어. 플로린한테는 이런 말 못 했지만 너니까 하는 얘긴데, 내가 헨리 나리 입장이면 아가씨를 감시할 것 같아. 되든 안 되든 탐정이라도 하나 심을 거란 말이지.

이제 난 문을 닫아야겠어. 집 전체에 방어벽을 쳐야 해. 헨리 나리, 매니저, 방문객들이 막 몰려와서 문 두드리고 쉰 목소리로 소리소리 지를 거야. 정말 넌더리 나. 이 나이에 욕이나 얻어먹고 거짓말쟁이라는 말까지 듣느니 죽는 게 낫겠어!"

당장 컨버터블을 쓸 수 없게 되자 에드리언은 트렁크를 작은 기차역에 놔두고 수녀원으로 가는 1, 2마일 되는 길을 흔쾌히 걷기 시작했다. 사방을 둘러싼 신록과 높낮이가 심한 시골길은 말할 수 없이 고요하고 평화로웠으며 맑은 공기는 폐부 깊숙이 스미는 듯했다. 에드리언은 양산을 돌리고 콧노래를 흥얼거리며 깨끗하고 부드러운 길을 따라 계속 걸었다. 산울타리를 만나면 꽃봉오리나 이파리를 따기도 하면서 깊은 호흡으로 지금의 상태를 만끽했다.

에드리언은 늘 그랬듯 가던 걸음을 멈추고 라일락을 꺾었다.

수녀원이 가까워지자 에드리언은 하얀 두건을 쓴 얼굴이 창문에서 얼핏 내다본 것 같다고 느꼈지만 분명 착각이었을 것이다. 이번에는 깜짝 방문이 될 터이니 나와 보는 사람이 없는 게 당연했다. 에드리언은 아가스 수녀가 얼마나 놀라고 기뻐할지 상상하면서 빙그레 미소를 지었다. 벌써 수녀와 포옹했을 때 느껴지는 따뜻함과 부드러움이 몸에 전해지는 듯했다. 마르셀린 수녀와 다른 수녀들이 에드리언의 부푼 퍼프 소매를 보고 또 얼마나 웃어젖힐까! 퍼프 소매는 작년부터 대유행이었지만 패션에 둔감한 수녀들에게는 신기함의 대상이 될 터였다. 확실히 그들은 아직 에드리언을 보지 못한 모양이었다.

에드리언은 돌계단을 가볍게 밟고 올라가 초인종을 눌렀다. 날카로운 금속음이 복도를 울렸다. 마지막 음이 사라지기 전에 평수녀 하나가 눈을 내리깔고 얼굴을 붉

히며 문간에서 조심스럽게 문을 빼꼼 열고는 좁은 문틈으로 '원장 수녀님의 명령'이라면서 편지와 꾸러미를 내밀었다. 그러고는 황급히 문을 닫고 큰 자물쇠를 열쇠로 돌려 문을 잠갔다.

에드리언은 망연자실했다. 사람을 불러 이런 홀대의 의미를 물어볼 수도 없었다. 라일락이 팔에서 돌계단으로 맥없이 떨어졌다. 에드리언은 내용물이 무엇일지 알 것 같은 두려움에 떨며 손에 든 편지와 꾸러미를 앞뒤로 돌려보았다.

포장지만 눌러봐도 안에 든 물건이 십자가라는 게 느껴졌고 확인해보지 않아도 보석 목걸이와 제단포가 함께 있음을 알 수 있었다.

무거운 오크 문에 몸을 지탱하고 서서 에드리언은 편지를 폈다. 몇 자 안 되는 쓰라린 비난의 글을 또박또박 읽지는 않았다. 편지는 기운을 북돋우고 영혼을 돌아오게 만드는 이 안식처에 에드리언이 앞으로 영원히 올 수 없음을 경고하고 있었다. 편지에 쓰인 내용이 에드리언의 뇌에 잔인한 상태 그대로 각인되었지만 에드리언은 차마 부당하다고 말하지 못했다.

후에 영리한 머리로 왜 이런 기만적인 반전이 생겨났

는지 원인을 캐다 보면 그때는 분명 화가 나겠지만, 지금은 어떤 분노도 일지 않았다. 그저 눈물밖에 나지 않았다. 에드리언은 무거운 오크 문짝에 이마를 대고 길을 잃은 아이처럼 엉엉 울었다.

에드리언은 힘이 죽 빠져서 다리를 질질 끌며 계단을 내려왔다. 문에서 걸어 나가다 언제나 정다웠던 수녀원 건물을 돌아다보았다. 아는 얼굴 아니, 하다못해 손 하나라도 보이면 좋겠다고 생각했다. 그러면 누군가는 아직도 진심으로 에드리언을 아낀다고 위안이라도 삼을 수 있을 테니까. 그러나 정갈하게 닦인 유리창들만이 에드리언을 비난하듯 차갑게 내려다보고 있었다.

문득 예배당 위에 있는 작고 흰 방 안에, 어떤 여자가 에드리언이 잤던 침대 옆에 꿇어앉아 있는 게 보였다. 금방이라도 터져 나올 듯한 울음을 삼키려고 베개 깊숙이 얼굴을 묻고 있는 한 사람. 아가스 수녀였다.

잠시 후 평수녀가 빗자루를 들고 문밖으로 나와서 에드리언이 떨어뜨린 라일락 다발을 흔적도 없이 말끔히 쓸어냈다.

데지레의 아기

1

날이 좋아 발몽드 부인은 마차를 몰고 데지레와 아기를 보러 라브리로 갔다.

아기와 함께 있는 데지레를 생각하면 부인의 얼굴에 늘 미소가 번졌다. 부인은 데지레를 처음 만난 날이 엊그제처럼 눈에 선했다. 데지레가 지금 그녀의 아기만 했을 때였다. 어느 날 발몽드 씨가 저택 출입구로 들어서다가 큰 돌기둥 그늘에 누워 있는 아기 데지레를 발견했다. 발몽드 씨가 그 어린 것을 안아 올리자 아기가 눈을 반짝 뜨더니 자기가 할 수 있는 유일한 표현이었을 말과 행동으로 '아빠' 하고 부르고는 울기 시작했다.

그때 데지레가 아장아장 걸어다니는 나이였으므로 어떤 이는 아이가 길을 잃어 헤매다가 그곳까지 흘러들어왔을 거라고 했다. 그러나 그날 오후 느지막하게 텍사스 사람들이 농장 바로 아래에서 코통 메이가 운영하는 연락선에 캔버스 댄 마차를 실어 강을 건넜는데, 그중의 누군가가 일부러 아이를 버려두고 갔으리란 게 일반적인 견해였다.

발몽드 부인은 모든 어림짐작을 무시하고, 이 아이야말로 자신에게 자식이 없음을 안타깝게 여긴 신이 사랑으로 키우라고 보내준 것이라고 믿어 의심치 않았다. 데지레는 곧 예쁘고 순하며 다정다감하고 성실한 아이로 자라났다. 아니나 다를까, 어느 날 데지레가 18년 전 자신이 누워 잠들어 있던 돌기둥에 기대어 서 있는데 근처를 지나던 아르망 오비니가 보고는 사랑의 열병에 휩싸였다. 오비니 집안 사람들은 모두 그렇게 총에 맞듯 사랑에 빠졌다.

아르망은 여덟 살에 어머니를 여읜 후 아버지를 따라 파리에서 이곳으로 돌아왔다. 그 후로 아르망과 데지레는 줄곧 알고 지낸 사이였지만 이전에는 한 번도 사랑의 감정을 느낀 적이 없었다. 그날 현관에서 데지레를 본 순간 아르망에게 일었던 열정은 산사태 혹은 들불 또는 모든 장애물을 훌쩍 뛰어넘고 결승선으로 달려오는 선수의 뜀박질 같았다.

발몽드 씨는 여러 문제를 냉정하게 심사숙고하자고 아르망에게 제안했다. 데지레의 출신이 분명치 않았기 때문이다. 아르망은 데지레의 눈을 들여다보며 그런 건 전혀 상관없다고 말했다. 데지레의 성을 몰라 문제라고 했으나 아르망은 자신이 데지레에게 루이지애나에서 가장 유서 깊은 성을 줄 수 있으니 아무 문제 없다고 대꾸했다. 아르망은 파리에 꽃바구니를 주문했고, 오랫동안 기다린 끝에 꽃이 도착하는 대로 둘은 결혼식을 올렸다.

2

발몽드 부인이 데지레와 아기를 보러 간 것은 4주 만이었다. 라브리에 도착하니 언제나 그랬듯 으스스한 기운이 부인을 맞았다. 그곳은 수년 동안 안주인의 부드러운 손길이 닿지 않아 분위기가 착 가라앉아 있었다. 아버지 오비니 씨는 고국을 너무 사랑해 떠날 수 없다는 아내와 프랑스에서 결혼해 살다가 결국 아내를 그곳에 묻고 이곳으로 돌아왔다.

라브리 집의 시커먼 지붕은 노란색 회반죽 건물을 둘러싼 넓은 통로 위로 비스듬히 내려와 있었다. 집 옆에는 큰 오크나무가 자라고 있었는데, 그 두꺼운 잎과 길게 뻗은 가지들이 집을 먹구름처럼 가리고 있었다. 아들 오비니가 집안을 엄격하게 관리하는 통에 흑인 노예들은 옛 주인 아래서 하고 싶은 대로 느긋하게 살던 때의 즐거움을 잊은 지 오래였다.

어린 산모는 부드러운 흰색 모슬린 원피스를 입고 소파에 길게 누워 한가롭게 몸조리를 하고 있었다. 아기는 엄마의 팔을 베고 누워 젖을 빨던 채로 잠들어 있었다. 얼굴이 누런 보모가 창가에 앉아 모녀에게 활활 부채질을 해주었다.

발몽드 부인이 통통한 몸을 굽혀 데지레를 살짝 껴안고 볼에 키스했다. 그러고는 고개를 돌려 아기를 보았다.

"아기가 왜 이래!"

부인이 놀라서 소리쳤다. 그 당시 발몽드 가에서는 다들 프랑스어를 썼다.

"아기가 너무 커서 엄마가 놀라실 줄 알았어요."

데지레가 웃으며 말했다.

"토실토실 새끼돼지 같죠? 다리 좀 봐요, 엄마. 손하고 손톱은 또 어떻고요. 손톱이 너무 많이 자라서 오늘 아침에 잔드린이 깎아줬어요. 그치, 잔드린?"

여자가 터번 두른 머리를 끄덕이며 공손하게 대답했다.

"네, 마님."

"울음소리도 얼마나 큰지 몰라요. 아르망이 그러는데라 블랑쉬에서도 아기 우는 소리가 들린대요."

발몽드 부인은 아기한테서 한시도 눈을 떼지 못했다. 아기를 들어올려 안고는 밝은 창가로 걸어갔다. 부인은 아기를 세심히 살핀 후 들판을 바라보려고 고개를 돌린 잔드린의 얼굴을 조심스럽게 바라보았다.

"그렇구나. 아기가 많이 컸고 좀 변하기도 했네."

발몽드 부인은 느릿느릿 말하더니 아기를 엄마 곁에 다시 뉘었다.

"아르망은 뭐래?"

데지레의 얼굴이 만족스러운 듯 환해졌다.

3

"아르망 어깨에 힘이 잔뜩 들어갔어요. 자기 성을 물려줄 수 있는 아들이라 더 그럴 거예요. 물론 딸이었어도 좋아했을 거라 말은 하지만, 진심이 아니에요. 절 기쁘게 하려고 그렇게 말하는 거죠. 그리고 엄마."

데지레가 발몽드 부인의 머리를 가까이 끌어당겨 귓속말을 했다.

"아기가 태어난 후로는 그이가 한 번도 누굴 벌준 적이 없어요. 일하기 싫어서 다리에 화상을 입은 척한 흑인 아이가 있었거든요. 걔한테도 화내지 않고 '장난이 심하네.' 하고는 그냥 지나갔대요. 아, 엄마. 저 정말 행복해요. 이래도 되는 걸까요?"

데지레가 한 말은 사실이었다. 결혼하고 아들을 얻은 후 아르망 오비니의 고압적이고 철두철미한 성질은 상당히 누그러졌다. 데지레는 남편을 몹시 사랑했기 때문에 이런 남편의 변화가 더없이 고맙고 행복했다. 아르망은 인상을 쓰면 꽤 무서운 얼굴이었지만 데지레는 그런 남편도 사랑스러웠다. 남편이 미소 지으면 데지레는 신에게 더 바랄 것이 없었다. 게다가 아르망이 데지레와 사랑에 빠진 그 날 이후로 아르망의 검게 타고 잘생긴 얼굴이 일그러지는 일은 거의 없었다.

아기가 석 달 정도 됐을 무렵의 어느 날 아침, 잠에서 깬 데지레는 문득 자신의 평화가 위협받고 있다는 느낌에 사로잡혔다. 처음에는 뭔가 심상찮기는 했지만, 아주 미미해서 그것의 정체를 가늠하기 어려웠다. 그러다 흑인들 사이에 수상한 분위기가 감돌았고, 평소에 별 왕래가 없던 먼 이웃이 갑자기 집을 오갔다.

아르망의 태도도 이해하기 힘들 정도로 꺼림칙하게 변했다. 그러나 데지레는 차마 이유를 물어볼 수 없었다. 이제 아르망은 불가피하게 아내와 말을 할 때도 데지레의 눈을 똑바로 보지 않았다. 사랑 가득한 눈빛은 이미 사라지고 없었다. 아르망은 집에도 잘 들어오지 않았다. 어쩌다 집에 있게 돼도 데지레와 아기를 마냥 피했다. 사탄의 그림자가 다시 내려와 덮친 듯 노예들도 험하게 다루었다. 데지레는 비참해 죽을 것 같았다.

어느 찌는 듯한 오후, 데지레는 실내 가운을 입고 방

에 앉아 어깨 언저리까지 내려온 길고 매끄러운 갈색 머리칼을 손가락으로 하릴없이 훑어내리고 있었다. 아기는 새틴을 댄 덮개로 인해 호화로운 왕좌처럼 보이는 웅장한 마호가니 침대에 반쯤 벌거벗은 채로 누워 있었다. 콰드룬(백인과 반백인과의 혼혈아, 흑인의 피를 1/4 받은 사람─역주)인 라 블랑쉬 아이 하나가 공작털로 만든 부채를 들고 아기에게 부채질을 해주었다.

데지레는 슬프고 멍한 눈으로 아기를 바라보면서 그녀를 옥죄는 위협의 실체를 꿰뚫으려 안간힘을 썼다. 데지레는 아기와 아기 옆에 선 소년을 여러 번 번갈아가며 바라보았다. 그러다 자기도 모르게 '아!' 하고 신음을 내뱉었다. 몸속의 피가 얼음장처럼 차가워지는 느낌이었고, 얼굴은 땀과 눈물로 범벅이 됐다.

4

데지레는 콰드룬 소년에게 말을 하려 했지만, 처음에는 아무 소리도 나와주지 않았다. 자기 이름이 불리는 것을 느낀 소년이 고개를 들자 안주인이 말없이 손으로 문을 가리켰다. 소년은 크고 부드러운 부채를 내려놓고 맨발 끝을 세워 반들거리는 바닥 위를 살금살금 걸어 조용히 물러났다.

미동도 없이 아기를 응시하는 데지레의 얼굴은 공포에 질려 있었다. 마침 남편이 방으로 들어와 데지레는 거들떠보지도 않고 곧장 테이블로 가서 서류 더미를 뒤지기 시작했다.

"아르망."

데지레가 사람을 찌르고도 남을 만큼 날 선 목소리로 남편을 불렀다. 그러나 남편은 들은 척도 하지 않았다.

"아르망!"

다시 한 번 이름을 부르고는 자리에서 일어나 남편을 향해 비척거리며 걸어갔다.

데지레가 거친 숨을 몰아쉬며 남편의 팔을 움켜쥐었다.

"아르망, 아기 좀 봐요. 이게 무슨 의미예요? 말해봐요."

남편은 팔을 쥔 아내의 손가락을 냉정하고 조심스럽게 떼어낸 후 손을 밀쳤다.

"뭔지 말해봐요!"

데지레가 절망적인 목소리로 울부짖었다.

"무슨 의미냐고?"

아르망이 심드렁하게 대답했다.

"쟤는 백인이 아니야. 즉, 당신이 백인이 아니란 뜻이지."

모든 혐의가 너무 쉽게 자신에게 돌아오자 데지레는 평소에 없던 용기를 발휘해 악다구니를 부리기 시작했다.

"거짓말이야. 사실이 아니잖아. 난 백인이야! 내 머리카락을 봐, 갈색이잖아. 눈동자는 회색이고. 아르망, 알잖아. 내 눈이 회색인 거. 그리고 내 피부도 하얘."

데지레가 남편의 손목을 잡았다.

"내 손을 봐. 당신 손보다 희잖아."

데지레가 발작적으로 웃어젖혔다.

"라 블랑쉬만큼이나 하얗지."

아르망은 그 말을 남기고 매몰차게 돌아서서 아기와 데지레를 남겨두고 나가버렸다. 겨우 마음을 진정한 데지레는 펜을 집어 들고 발몽드 부인에게 처절한 눈물의 편지를 썼다.

"엄마, 사람들이 나더러 백인이 아니래요. 아르망도

내가 백인이 아니라고 해요. 제발 그 사람들한테 사실이 아니라고 말해줘요. 엄마는 알 거잖아요. 나 죽을 거예요. 죽어야 해요. 이렇게 불행한데 어떻게 살아요."

답장은 간단했다.

"사랑하는 데지레야. 집으로 돌아와. 널 사랑하는 엄마한테 오렴. 아기도 데리고 어서 오너라."

데지레는 엄마의 답장을 들고 남편의 서재에 가서 남편이 앉은 책상 위에 펼친 후 하얗게 질려서 미동도 없이 입을 꾹 다문 채 석상처럼 서 있었다.

5

아르망은 차가운 얼굴로 말없이 편지를 읽었다. 그러고도 아무 말이 없었다.
"아르망, 나 갈까요?"

데지레의 목소리는 괴로움과 긴장으로 파들파들 떨렸다.

"그래, 가."

"내가 갔으면 좋겠어요?"

"응, 갔으면 좋겠어."

아르망은 전지전능하신 조물주가 자신에게만은 잔인하고 불공평하다고 생각했다. 그래서 아내의 가슴을 후벼팜으로써 어떻게든 신에게 되갚음하고 싶었다. 모르고 저질렀을지라도 어쨌든 데지레는 자신의 이름과 가문에 상처를 주었으므로 아르망은 아내를 이제 더는 사랑할 수 없었다.

데지레는 제대로 한 방 얻어맞은 듯 몸을 돌려 문 쪽으로 천천히 걸어갔다. 혹시 남편이 자신을 불러 세우지 않을까 기대하면서.

"잘 있어요, 아르망."

데지레가 신음처럼 내뱉었다.

남편은 대답도 하지 않았다. 그것이 그가 운명에 가한 최후의 일격이었다.

데지레는 아기를 데리러 갔다. 잔드린이 아기를 안고 어두침침한 테라스를 배회하고 있었다.

데지레는 잠자코 보모의 품에서 아기를 받아 안은 후 계단을 내려가 오크나무 아래를 통과해 밖으로 걸어나갔다. 10월의 오후 해가 막 지고 있었다. 넓디넓은 벌판에서 흑인들이 한창 면화를 따고 있었다. 데지레는 여전히 얇은 흰색 원피스와 슬리퍼 차림이었다. 모자를 쓰지 않은 갈색 머리가 햇빛을 받아 황금빛으로 빛났다. 데지레는 발몽드의 농장으로 이어지는 넓고 잘 다져진 길로 들어서지 않았다.

벌판을 가로질러 하염없이 걷다 보니 슬리퍼를 신은 연약한 발이 나무 그루터기에 부딪혀 멍이 들었고 얇은 원피스는 갈기갈기 찢겼다. 데지레는 깊은 늪지대의 둑을 따라 빽빽하게 자란 버드나무와 갈대 사이로 사라진 후 다시는 돌아오지 않았다.

몇 주 후, 라브리에서는 기이한 광경이 펼쳐졌다. 잘 정리된 뒷마당 한가운데 큰 모닥불이 타올랐다. 아르망 오비니는 모닥불이 잘 보이는 넓은 복도에 자리 잡고 앉아 예닐곱 명의 흑인들에게 물건을 불에 집어넣도록 명령했다. 이미 값비싼 유아용품을 널름널름 집어삼킨 장작더미 위에 꼼꼼하게 손질된 우아한 버드나무 요람이 던져졌다. 그 안에는 실크 가운과 벨벳 옷가지, 새틴 드

레스, 레이스, 정성껏 수놓은 끈 달린 모자와 장갑이 들어
있었다. 어렵사리 구한 꽃바구니도 불에 활활 타올랐다.

6

이제 남은 건 작은 편지 다발뿐이었다. 둘이 함께 행
복했던 시절에 데지레가 아르망에게 끄적거려 보낸 것들
이었다. 다발을 꺼낸 서랍 뒤쪽에 뭔가가 남아 있었다.
꺼내보니 데지레가 쓴 편지가 아니었다. 예전에 아르망
의 어머니가 남편에게 보낸 편지였다. 아르망은 편지를
꺼내 읽기 시작했다. 어머니는 남편의 넘치는 사랑을 신
께 감사하고 있었다. 편지의 마지막은 이랬다.

"그리고 무엇보다 우리 귀여운 아르망이, 자기가 그
토록 사랑한 엄마가 저주받은 노예의 피를 물려받았다
는 사실을 죽을 때까지 모르고 살 수 있게 허락하신 신의
은총에 밤낮으로 감사 기도를 드립니다."

바이유 너머

그 바이유 늪지대는 라 폴(미친 여자를 뜻하는 프랑스어—역주)의 오두막이 위치한 땅 중간 지점에 초승달 모양으로 굽어 있었다. 바이유와 오두막 사이에는 황량하고 넓은 들판이 있고, 바이유의 물이 들판으로 유입되면 사람들은 그곳에 소 떼를 풀어놓아 꼴을 뜯어먹게 했다. 여자는 뒤편으로 이어진 숲 가장자리에 상상의 경계를 그어놓고 그곳을 넘어서는 한 발짝도 내딛지 않았다. 다른 부분은 비교적 멀쩡한 여자를 미친 여자, 라 폴이라 부르는 이유도 그래서였다.

라 폴은 서른다섯을 넘긴 키 크고 깡마른 흑인 여자였

다. 본명은 재클린이지만, 농장 사람들은 너나 할 것 없이 그녀를 라 폴이라 불렀다. 이름 그대로 어릴 때 정신이 나간 후로 온전히 돌아오지 못했기 때문이다.

그때 숲에서는 온종일 충돌과 총격이 끊이지 않았다. 초저녁이 되어 주인 도련님이 시커먼 탄약을 뒤집어쓰고 피칠갑을 한 채 재클린과 엄마가 사는 오두막으로 비틀거리며 들어왔고, 그 뒤를 추격자가 바짝 뒤쫓고 있었다. 그 광경을 보고 어린 재클린은 정신을 놓아버렸다.

나중에 농장의 나머지 사람들이 재클린의 눈과 제한 범위에서 벗어난 곳으로 모두 이사한 후에도 라 폴은 그 외떨어진 오두막에 남아 혼자 살았다. 그녀는 보통의 사내보다 힘이 더 세서 집 주변을 면화와 옥수수, 담배로 비옥하게 가꿨다. 그러나 바이유 너머의 세상에 관해서는 병적인 상상력이 가져온 그림 외에는 전혀 알지 못했다.

벨리시메 농장 사람들은 라 폴과 그녀의 방식에 익숙했기에 그것에는 전혀 문제 삼지 않았다. 심지어 '주인마나님'이 죽어서 장례를 치를 때도 라 폴이 바이유를 건너오지 않는 데에 대해 아무도 문제를 제기하지 않고 오히려 그녀를 두둔해주었다.

그때 탄약과 피를 뒤집어쓰고 오두막으로 쫓겨 들어

왔던 도련님은 이제 벨리시메의 주인이 되었다. 그는 예쁜 딸아이들과 어린 아들을 둔 어엿한 중년의 가장이었다. 라 폴은 주인 나리의 아들을 마치 자기 아이인 양 사랑해서 체리라 불렀고 덕분에 농장에서는 체리로 통했다.

여자애들은 체리만큼 라 폴의 사랑을 받지 못했다. 그래도 다들 라 폴에게 가서 그녀가 들려주는 '바이유 너머 머나먼 곳'에서 일어나는 신기한 이야기를 즐겨 들었다.

이제는 아무도 라 폴의 검은 손을 부드럽게 만져주지도, 무릎에 포근히 머리를 기대지도, 예전처럼 팔에 안겨 잠들지도 않았다. 체리가 곱슬머리를 잘라내고 총을 가지게 된 후로는 거의 그런 행동을 하지 않았기 때문이다.

그해 여름, 그러니까 체리가 라 폴에게 빨간 리본으로 매듭지은 곱슬머리 두 가닥을 선물로 준 그해 여름, 바이유에 물이 말라 벨리시메 농장에 사는 어린아이들조차 걸어서 늪을 건널 수 있을 정도가 되자 사람들은 소 떼를 바이유 너머로 내려보냈다. 라 폴은 아무 말 못 하는 짐승들을 각별히 사랑했다. 일과를 마치고 하루를 정리할 때까지 짐승들이 풀 뜯어 먹는 소리를 위안으로 삼았으므로 사람들이 소 떼를 데려가는 것이 못내 아쉬웠다.

그날은 토요일 오후, 들판에는 아무도 없었다. 남정네들은 주중 행사인 물건 거래를 위해 이웃 마을에 몰려갔고, 여자들은 집안일로 눈코 뜰 새 없이 바빴다. 라 폴도 옷을 꿰매 빤 다음 집을 빡빡 문질러 닦고 빵을 굽느라 분주했다.

빵을 구우면서 라 폴은 어김없이 체리를 생각했다. 오늘은 체리를 위해 예쁘고 맛 좋은 크로키뇰 빵을 구웠다. 드디어 체리가 광 나는 새 총을 어깨에 메고 들판을 가로질러 걸어오자 들뜬 목소리로 아이를 불렀다.

"체리! 체리!"

체리는 부를 필요도 없이 곧장 라 폴에게 와주었다. 주머니에는 그날 아버지 집에서 먹은 훌륭한 저녁 식사 테이블에서 라 폴에게 주려고 따로 챙긴 아몬드와 건포도와 오렌지가 가득 들어 있었다.

체리는 얼굴이 햇살 같은 열 살배기 소년이었다. 아이가 주머니를 털어내자 라 폴은 체리의 통통하고 빨간 뺨을 톡톡 두드리고는 앞치마로 아이의 흙 묻은 손을 닦아준 후 머리를 쓰다듬었다. 그러고는 아이의 손에 케이크를 쥐여준 다음 아이가 오두막 뒤편 목화밭을 가로질러 숲으로 사라질 때까지 물끄러미 바라보았다.

체리는 가기 전에 숲에서 총으로 할 일들을 장황하게 늘어놓았다.

"숲에 사슴 많겠지, 라 폴?"

체리는 꽤 노련한 사냥꾼인 척 으스대며 말했다.

"안 돼, 안 돼! 사슴은 안 돼. 너무 커. 내일 라 폴 저녁으로 먹게, 살지고 실한 다람쥐나 하나 잡아줘. 라 폴은 그거면 돼."

라 폴이 웃으며 말했다.

"에이, 다람쥐 한 마리는 한 입 거리도 안 돼. 내가 한 마리보다 더 많이 잡아다 줄게, 알았지, 라 폴?"

그렇게 어깨를 으쓱하며 사냥길에 나선 체리였다.

한 시간 후 라 폴은 숲 끝쪽 언저리에서 체리가 라이플총 쏘는 소리를 들었다. 별생각을 않고 있는데 단말마의 비명이 뒤따랐다.

라 폴은 당장 거품이 버글거리는 설거지통에서 손을 빼내 앞치마에 대충 닦은 뒤 후들거리는 다리를 최대한 빨리 움직여 불길한 소리가 난 지점으로 달려갔다.

나쁜 예감이 적중했다. 체리가 라이플총 옆에 길게 쓰러져 애처롭게 신음하고 있었던 것이다.

"라 폴, 나 죽어! 나 죽나봐! 나 어떡해!"

"아니, 아니야!"

라 폴이 단호하게 외치며 체리 옆에 무릎을 꿇고 앉았
다.

"팔을 라 폴 목에 둘러, 체리. 암것도 아냐. 암것도."

라 폴이 튼튼한 팔로 체리를 안아 올렸다.

체리는 총구가 아래로 향하게 해서 총을 들어 올렸던
모양이었다. 몸이 비틀거리긴 했지만 어찌 된 일인지 알
수 없었다. 그저 총알이 다리 어딘가에 박혔다는 느낌과
이제 죽었다는 생각뿐이었다. 체리는 아프고 무서워서
라 폴의 어깨에 머리를 기대고 신음하며 울었다.

"라 폴! 라 폴! 너무 아파! 못 참겠어, 라 폴!"

"울지 마라, 아가. 우리 체리 착하지!"

라 폴은 성큼성큼 걸음을 옮기며 체리를 안심시켰다.
"라 폴이 있으니까 체리는 괜찮아. 본필스 의사가 우리
체리 금방 낫게 해줄 거야."

라 폴은 텅 빈 들판에 도착했다. 소중한 체리를 안고
들판을 가로지르며 이쪽저쪽 불안한 듯 계속 둘러보았
다. 바이유 너머 세상에 대한 무시무시한 공포가, 어린
시절부터 그녀를 짓눌렀던 병적이고 이상한 두려움이 사

정없이 몰려왔다.

바이유에 도착하자 라 폴은 그 방법말고는 체리를 살릴 길이 없는 것처럼 도와달라고 고래고래 고함을 쳤다.

"아, 나리! 주인 나리! 이보시오, 동네 분들! 살려주세요!"

어디서도 대답이 없었다. 체리의 뜨거운 눈물이 라 폴의 목을 타고 흘러내렸다. 그곳에 있을 만한 사람의 이름을 하나씩 모두 불렀지만 헛수고였다.

라 폴은 울며불며 소리쳤다. 목소리가 갈라지고 찢어지도록 울부짖어도 처절한 외침은 공허한 메아리가 되었다. 그러는 사이 체리는 계속 끙끙 앓고 울면서 엄마한테 데려다달라고 애걸복걸했다.

라 폴은 절망적인 얼굴로 한 번 더 주변을 둘러보았다. 극심한 공포가 그녀를 휘감았다. 라 폴은 아이를 두 방망이질 치는 가슴에 바짝 당겨 안았다. 그러고는 눈을 꼭 감고 바이유의 얕은 둑을 따라 달리기 시작해서 맞은편 기슭에 기어오를 때까지 한순간도 걸음을 멈추지 않았다.

라 폴은 눈을 뜨자마자 와들와들 떨면서 그 자리에 멈춰섰다. 그러고는 숲으로 난 오솔길로 다시 내달렸다.

이제 체리에게 말할 정신도 없이 계속 주문을 외듯 혼잣말로 악다구니를 쳤다.

"제기랄, 라 폴 좀 살려주소서! 빌어먹을, 나 좀 살려달라고요!"

이제 본능이 이끄는 대로 몸을 맡겼다. 매끈하고 부드러운 오솔길이 눈앞에 펼쳐지자 라 폴은 섬뜩한 미지의 세계에 대고 다시 눈을 꼭 감았다.

인가에 가까워지자 잡초밭에서 놀던 한 아이가 라 폴을 발견하고 놀라서 소리를 꽥 질렀다.

"라 폴이다! 라 폴이 바이유를 건넜다!"

소녀가 높은 음으로 찢어질 듯 비명을 질러댔다.

곧 줄줄이 늘어선 오두막으로 비명이 퍼져나갔다.

"저거 봐요. 라 폴이 바이유를 건너왔어요!"

아이들과 영감, 할멈, 아기를 안은 아낙들이 이 놀라자빠질 구경거리에 현관과 창문으로 모여들었다. 이것이 어떤 불길한 징조일지 모른다는 미신 비슷한 두려움에 벌벌 떠는 사람도 여럿 되었다.

"체리를 안고 있어!"

몇몇이 용기를 내어 라 폴 주위로 몰려가 그녀를 뒤따르다가, 라 폴이 고통으로 일그러진 얼굴을 돌려 그들을 바라보자 또 다른 공포에 휩싸여 뒤로 움찔 물러났다. 라 폴의 눈은 벌겋게 충혈됐고 거무튀튀한 입술에는 허연 침이 바글거렸다.

누군가가 라 폴보다 먼저 주인 나리의 집으로 달려갔다. 주인은 가족들, 손님들과 함께 응접실에 앉아 있었다.

"주인 나리! 라 폴이 바이유를 건너왔어요! 저기 보세요. 체리를 안고 있어요!"

사람들이 라 폴을 보고 내뱉은 첫마디는 항상 이런 식이었다.

이제 목적지에 제법 가까워진 듯했다. 라 폴은 여전히 성큼성큼 걸음을 옮겼다. 눈을 부릅뜨고 전방을 응시하면서 지친 황소처럼 가쁘게 숨을 몰아쉬었다.

계단 아래 도착한 라 폴은 차마 더는 올라가지 못하고 아이 아버지의 팔에 체리를 넘겨주었다. 그러자 여태 라 폴의 눈에 붉게만 보였던 세상이 마치 화약과 피를 본 그날처럼 깜깜해졌다.

라 폴의 몸이 휘청거렸다. 누군가 팔을 뻗어 받치기도 전에 라 폴은 땅으로 풀썩 쓰러졌다.

정신을 차리니 다시 자신의 오두막, 침대 위였다. 현

관의 열린 틈과 창문으로 흘러들어온 달빛이 부엌에서 약탕을 다리는 늙은 흑인 여자를 비추었다. 매우 늦은 시각이었다.

다른 사람들은 왔다가 라 폴이 인사불성인 것을 보고 돌아갔다. 농장 주인도 의사 선생 본필스와 함께 라 폴을 방문했다. 의사는 라 폴이 죽을지도 모른다고 말했다.

그러나 죽음이 그녀를 비켜갔다. 구석에서 탕약을 다리는 탕테 리제테에게 말을 건네는 라 폴의 목소리는 맑고 짱짱했다.

"탕약 한 첩 마시면 잠이 잘 올 것 같아요."

라 폴은 금세 잠에 빠져들었다. 얼마나 깊고 곤히 잠들었는지 리제테가 자리를 뜨는 것도 몰랐다. 리제테는 아무 거리낌 없이 달빛을 받으며 들판을 가로질러 새 숙소지에 있는 자기 오두막으로 가버렸다.

서늘한 아침 기운에 라 폴은 잠에서 깼다. 일생일대의 큰일을 겪었지만 언제 그랬냐는 듯 태연하게 자리를 털고 일어났다.

그날이 일요일임을 기억해내고는 새로 지은 파란색 작업복과 흰색 앞치마를 챙겨입었다. 진한 블랙커피 한 잔을 만들어 홀짝홀짝 마신 후 오두막에서 나와 자연스럽게 들판을 가로질러 바이유의 끄트머리로 갔다.

이번에는 전처럼 거기서 다시 돌아오지 않고 마치 평생을 그래왔던 것처럼 성큼성큼 걸어서 바이유를 건넜다.

반대편 둑에 줄지어 핀 잡목림과 작은 미루나무들을 헤치고 계속 나아가자 들판의 경계 지점이 나타났다. 넓디넓은 밭에는 활짝 핀 흰 목화가 이른 새벽이슬을 머금고 은처럼 화려하게 빛났다.

라 폴은 시골 풍경을 바라보며 길고 깊게 호흡을 들이마셨다. 걷는 방법을 잘 모르는 사람처럼 주변을 찬찬히 살피며 천천히 그리고 머뭇머뭇 앞으로 걸었다.

어제 라 폴의 등장에 아수라장이었던 오두막들은 이제 고요하기만 했다. 벨리시메 농장에서는 아직 아무도 잠자리를 털고 일어나지 않았다. 산울타리 여기저기서 날아든 새들만 이른 아침 예배를 드리고 있었다.

집을 둘러싼 넓고 부드러운 잔디밭에 도착한 라 폴은 발을 간질이는 생기 있는 풀을 천천히 사뿐사뿐 밟아나갔다.

라 폴은 발걸음을 멈추고 목적지를 찾아 두리번거렸다.

드디어 찾은 것 같았다. 짙은 초록색 화단에서 무수히 많은 푸른 제비꽃들이 라 폴을 환영하듯 피어 있었다. 머리 위로는 크고 창백한 목련 꽃송이가 쏟아질 듯했고 주위에는 재스민 덩굴이 가득했다.

장미가 지천에 널려 있었다. 좌우로는 야자수들이 넓고 우아하게 펼쳐져 있었다. 이 모든 것이 반짝이는 이슬 아래에서 펼쳐지는 마법 같았다.

라 폴은 베란다로 연결되는 높은 계단을 조심스럽게 오르다가 문득 걸음을 멈추고 자신이 밟아온 위험한 길을 돌아다보았다. 벨리시메 기슭에 은색 활처럼 굽어 흐르는 바이유가 눈에 들어왔다. 라 폴은 기쁨에 벅찼다.

라 폴이 눈앞에 있는 문을 톡톡 두드렸다. 체리의 엄마가 조심스럽게 문을 열었다. 라 폴을 보고 깜짝 놀랐지만 금세 상황을 이해하고 감정을 수습했다.

"아, 라 폴! 이렇게 일찍 어쩐 일이야?"

"어, 마님. 체, 체리가 어떤지 궁금해서요."

"많이 좋아졌어. 고마워, 라 폴. 본필스 선생님이 이제 큰일은 없을 거래. 체리 지금 자고 있어. 깨면 다시 올래?"

"아뇨, 마님. 깨면 말씀해주십쇼."

라 폴은 베란다의 꼭대기 계단에 앉았다.

난생처음 바이유 너머의 새롭고 아름다운 세상에서 떠오르는 태양을 바라보는 라 폴의 얼굴에 경이와 만족감이 조금씩 자리하기 시작했다.

옮긴이의 말

애초 인간 군상의 여러 모습을 일찍이 세상을 살았던 작가의 오래된 작품에서 찾아보자는 취지로 케이트 쇼팽의 단편들을 번역하기 시작했습니다. 그러다 기왕이면 여성 작가들이 묘사하는 여성의 삶에 집중하자는 데 출판사와 저의 생각이 모여 새 시리즈가 탄생했습니다.

번역하면서 지구 반대편에서 백 년도 더 전에 살았던 케이트 쇼팽의 삶이 2018년 대한민국에서 사는 우리와 근본적으로 크게 다르지 않아 놀랍고 씁쓸했습니다.

이 책에 실린 여섯 단편 중에서 가장 뜨끔했던 이야기

는 '한 시간 사이에 일어난 일'이었습니다. 남편이 사고로 죽었다는 소식에 당장은 놀라고 황망했지만, 이제 내 의지대로 자유롭게 살 수 있겠구나! 슬그머니 기쁘기 시작한 맬라드 부인의 반전은 가히 충격적입니다.

'아내의 편지'의 아내처럼 남편을 신뢰하면서도 목숨이 다하는 순간까지 자신의 가슴을 뛰게 하는 외간남자의 편지를 포기하기 싫은 마음, 어찌 모르겠습니까. 물론 이 이야기에서는 남편의 우직함이 더 아프게 와닿습니다.

전후 사정을 파악하기도 전에 무조건 상대의 잘못이라 낙인찍는 '데지레의 아기' 속 데지레의 남편 아르망 같은 사람, 주변에 적지 않습니다.

'최면'은 사람이 타인에게 가지는 인상이 어떤 계기를 통해 얼마든지 바뀔 수 있음을 역설합니다.

'라일락'에는 동성애 코드가 녹아 있습니다. 어린 시절 수녀원에서 수습 수녀로 생활했지만, 지금은 속세에서 유명 배우로 살고 있는 에드리언은 라일락이 피는 계절만 되면 현실에서 도피하듯 수녀원을 찾습니다. 에드리언이 아무 욕심 없이 순수했던 시절을 보낸 추억의 장소에서 다시 살아갈 힘을 찾는다는 게 주된 맥락으로 보이지만, 저변에는 아가스 수녀가 에드리언에게 가지는 (우정과 연정이 뒤섞인) 은밀한 감정이 깔려 있습니다. 에드리언을 향한 아가스 수녀의 마음이 에드리언을 매년 수녀원으로 불렀을지도 모릅니다. 둘 사이의 묘한 기류는 그해 수녀원에 온 에드리언을 아가스 수녀가 24시간 밀착 동행하면서 표면화됩니다. 마침내 둘 사이를 알아챈 원장 수녀는 에드리언이 더는 잔잔한 수녀원에 파문을 일으키는 것을 두고볼 수 없습니다. 다음 해 라일락 향기를 좇아 홀리듯 수녀원에 당도한 에드리언은 아가스 수녀를 만나지도 못한 채 문전박대당합니다.

'바이유 너머'는 요즘 언어로 얘기해서 외상 후 스트레스 장애를 사랑의 힘으로 극복한 미친 여자 라 폴의 눈물 겨운 성장기를 그리고 있습니다.

페미니즘 소설의 선구자라 불리는 케이트 쇼팽의 작품을 번역하기 시작하면서 여성주의 즉 페미니즘과 관련한 내용을 조금씩 듣고 읽으며 배워가고 있습니다. 아직 갈 길이 멀지만 책이 한 권씩 세상에 나올 때마다 저도 조금씩 성장하리라 기대합니다.

끝으로 저자 Kate Chopin의 기존 한글 표기는 케이트 쇼팽 외에도 케이트 초핀, 케이트 초팽, 케이트 쇼핀 등으로 다양한데, 표기법보다는 범용을 택했음을 알려드립니다.

2018년 5월

이리나

작가에 대하여

생애

케이트 쇼팽(Kate Chopin, 1850~1904)은 1850년 2월 8일 세인트루이스에서 태어났다. 결혼 전 이름은 캐서린 오플레어티였다. 어머니 엘리자 페리스는 프랑스계 이민자였고, 아버지 토마스 오플레어티는 성공한 아일랜드계 사업가였다.

아버지는 케이트 쇼팽이 다섯 살 때 사망했다. 그 후 쇼팽은 어머니, 외할머니, 증조할머니, 아이를 돌봐주던 여성 노예들 등 여성이 우세한 환경에서 자랐다. 어린 쇼팽은 주로 다락방에서 제인 오스틴, 찰스 디킨스, 브론테 자매 등 거장의 작품을 읽으며 시간을 보냈다. 또 증조할 머니로부터 프랑스어와 피아노를 배웠으며 자기 사업을 했고, 남편과 이혼했으며 비혼 상태로 아이를 가진 고조할머니와 관련한 이야기들을 들었다. 어린 쇼팽에게 고조할머니는 독립 가능한 존재로서의 힘 있는 여성과 열정적인 삶을 사는 여성의 상징으로 기억되었다.

나머지 가족들과 마찬가지로 쇼팽도 남부 연합을 강하게 지지하는 분위기에서 자랐고, 그러한 정서는 사랑하는 이복 오빠가 남북전쟁에서 죽으면서 더 강화되었다. 쇼팽이 열세 살 때 승리한 연합군이 쇼팽의 집 현관에 걸어놓은 연합군 깃발을 찢은 혐의로 체포되기도 했다. 이 사건으로 쇼팽은 세인트루이스에서 '가장 어린 반란 세력'으로 위세를 떨쳤다. 이러한 특성은 훗날 쇼팽이 성인이 되어 사회의 전횡이나 성차별주의적인 권위보다 자신의 관심사를 더 면밀히 살피는 습관의 밑거름이 되었다.

교육, 결혼, 자식

쇼팽은 5세부터 18세까지 세인트루이스에 있는 가톨릭 여학교(Academy of Sacred Heart)에 다녔다. 집에서 증조할머니가 여성 중심 교육을 이끌었다면 그곳에서는 수녀회가 쇼팽에게 생각을 자유롭게 표현하고 다른 사람들과 의견을 교환하는 장을 열어주었다.

가톨릭 여학교를 수료한 쇼팽은 세인트루이스 소사이어티에 들어갔는데, 거기서 목화 재배자와 판매자의 중간 역할을 하는 프랑스계 목화상 오스카 쇼팽을 만나 1870년에 결혼한 후 뉴올리언스로 이주했다. 1871년과 1879년 사이에 쇼팽은 아이 여섯을 낳았다. 쇼팽 가족은 여름만 되면 뉴올리언스에 창궐하는 콜레라를 피해 그랜드 아일로 휴가를 떠났다. 쇼팽은 그곳에서 혼자 오래 산책을 했으며 가끔 거리에서 담배를 피워 행인을 깜짝 놀라게 했다. 이때의 경험은 후에 쇼팽의 대표작 〈각성(The Awakening)〉에 고스란히 녹아 있다.

오스카 쇼팽의 목화 중개업이 가뭄과 부실 경영으로 실패하자 남편의 가족이 소규모 땅을 일구며 살고 있는

루이지애나 클라우티어빌에 있는 작은 프랑스 마을로 이사한다. 이 작은 마을에서 쇼팽은 단연 눈에 띄었다. 여성용 곁 안장을 하기보다 다리를 벌려 말을 탔고, 주변 환경과 어울리지 않는 과감한 옷차림을 선호했으며, 담배를 피우는 등 당시로서는 파격적인 행동을 일삼았다. 이곳에서의 경험 역시 케이트 쇼팽의 후기 단편들의 소재가 되었다.

클라우티어빌에서 쇼팽의 가족이 살던 집은 20세기 후반에 '바이유 민속박물관'으로 지정되었으나 2008년에 일어난 화재로 거의 전소되었다고 알려진다.

오스카 쇼팽은 클라우티어빌에서 잡화점을 운영하다 1882년 말라리아에 걸려 사망했다. (교통사고로 사망했다는 설도 있다.) 남편이 빚더미를 남기고 사망하자 쇼팽이 직접 잡화점과 작은 농장을 경영했는데, 이 또한 당시의 미망인에게는 좀처럼 없는 일이었다. 두어 해 여느 미망인처럼 살고자 했던 쇼팽은 어머니의 권유를 받아들여 1884년에 어머니가 있는 세인트루이스로 간다. 클라우티어빌을 떠나기 전에 쇼팽은 유부남과 사랑에 빠졌는데, 그는 〈각성〉의 알세 아로빈이라는 캐릭터로 만들어졌다.

세인트루이스로 온 후 경제적으로 비교적 안정기에 접어들었으나 이듬해 어머니마저 사망해버리자 쇼팽은 극심한 우울증에 시달린다. 이때 쇼팽에게 글쓰기를 권한 사람은 담당 의사이자 친구인 프레드릭 콜벤하이어였다. 그때부터 글쓰기는 쇼팽의 주 수입원이자 정신의 피난처가 되었다.

말년

케이트 쇼팽은 세인트루이스로 이주한 다음 해에 글을 쓰기 시작했고 1888년에 음악 작품 〈피아노 폴카(Polka for Piano)〉를, 1998년에 시 〈만약 그렇다면(If It Might Be)〉을 발표하는 등 다양한 장르의 글을 쓰지만 곧 소설에 집중한다.

다른 여성들과 사교 활동을 하도록 요구받는 사회 분위기에 반기를 든 쇼팽은 문학 클럽에 나가기 시작한다. 세인트루이스에서 처음 등장한 문학 클럽으로 남녀 구별 없이 일주일에 한 번 만나 지적인 대화를 나누는 식이었다. 이 모임을 통해 쇼팽은 사람들을 정기적으로 만나야 하는 사교계의 기준을 자신만의 방식으로 채워버린다.

쇼팽은 이 클럽을 통해 소설가로서 진일보했다. 클럽에서 만난 출판업자와 비평가들은 야망이 큰 쇼팽에게 출판의 기회와 든든한 관계망을 제공했다.

쇼팽은 남편의 사망 후 잡화점을 운영하면서 익혔던 사업가 정신을 발휘하여 글을 썼고, 불과 13년 만에 100편에 가까운 단편과 장편 두 편 그리고 희곡 한 편을 출간했다.

말년에는 건강이 나빠져 글을 쓰기가 어려워졌다. 일각에서는 1899년에 출간한 〈각성〉에 쏟아진 부정적인 평가 때문에 쇼팽의 글이 줄었다고 말하는 사람도 적지 않았다.

쇼팽은 1904년 8월 22일, 뇌일혈로 급사했다.

문학 저술

1889년에 쇼팽은 첫 단편을 발표했다. 첫 장편인 〈실수(At Fault)〉도 같은 해에 출간되었다. 쇼팽은 원고를 보내고 영향력 있는 편집자들과 관계를 이어가는 데 노력을 아끼지 않았다. 그 결과 '보그'나 '애틀랜틱 먼슬리' 같은 유명 잡지에 단편이 여러 편 실렸으며, 단편소설집

두 권이 〈바이유 사람들(Bayou Folk, 1894)〉, 〈아카디의 밤(A Night in Acadie, 1897)〉이라는 제목으로 출간되었다. 이 두 권은 루이지애나와 미주리 지역상을 그리는 데만 천착했지 문학적인 가치는 거의 없다는 일부 평단의 비평에도 불구하고 전반적으로 꽤 호평을 받았다.

쇼팽의 대표작 〈각성〉은 1899년에 발표되었다. 쇼팽의 나머지 작품들과 달리 이 소설은 엄청난 논란을 불러일으켰다. 많은 비평가들이 가치 있는 소설이라 용기 있게 평했지만, 그만큼 많은 수의 비평가들이 소리 높여 소설을 비난했다. 무엇보다 여성성과 모성이 결여됐고 부부간의 부정(不正)을 다루고 있다는 이유에서였다. 주인공이 파격적인 일을 저지르고도 전혀 후회나 반성을 하지 않으며 작가도 어떤 식의 평가를 내리지 않는다는 부정적인 평가로 책은 곧 절판되었다.

〈각성〉을 둘러싼 논쟁에도 불구하고 사망할 당시 쇼팽은 꽤 인정받는 작가였다. 그러나 그녀의 작품은 한낱 지역을 대표하는 소설로 여겨질 뿐 문학적으로 인정받지 못한 상태로 수십 년 간 사람들의 뇌리에서 사라졌다.

그러다 거의 70년이 지난 1969년, 퍼 세이어스티드 (Per Seyersted)가 쇼팽의 평전과 전집을 출간하는 것을 계기로 쇼팽의 작품이 다시 문학계의 인정을 받기 시작했다. 1960년대 미국에서 발생한 페미니즘 운동이 쇼팽의 재발견과 깊은 연관이 있다. 그 운동 덕분에 남성 제작자에 의해 문단에서 배제되었던 여성들의 작품이 재조명되었고, 그 결과 오늘날 케이트 쇼팽의 소설은 미국 문학의 주요 작품 목록에 당당히 이름을 올리고 있다.

책읽는고양이

약간의 거리를 둔다

소노 아야코의 에세이. "좋아하는 일을 하든가, 지금 하는 일을 좋아하든가" "인생은 좋았고, 때로 나빴을 뿐이다" "자기다울 때 존엄하게 빛난다" 등등 정말 맞는 말이라 무릎을 치게 만드는 조언들, 어이없을 정도로 간단하지만 감히 뒤집어볼 엄두조차 내지 못했던 삶의 진리들이 가득하다. 객관적 행복을 좇느라 지친 영혼을 위로하는 책으로 '나' 자신을 속박해온 통념으로부터 벗어나 나답게 사는 삶으로 터닝할 수 있도록 이끌어준다. 9900원.

매경 · 교보문고 선정 "2017년을 어는 베스트북"
예스24 선정 "2017년 올해의 책"

타인은 나를 모른다

베스트셀러 《약간의 거리를 둔다》의 작가 소노 아야코가 전하는 '관계로부터 편안해지는 법'. 짧지만 함축적 언어로 인생의 묘미를 표현하는 소노 아야코식 글쓰기가 돋보이는 책으로, 타인과 나는 다르며, 또 절대 같아질 수 없음을 상기시킨다. 이를 통해 타인으로부터의 강요는 물론, 나의 생각을 받아들이지 못하는 상대로 인한 스트레스로부터 편안해지는 기본기를 다져준다. 9900원.

남들처럼 결혼하지 않습니다

소노 아야코의 부부 심리 에세이. 부모의 불화 속에서 자란 저자가 아나키스트 부모 밑에서 자란 남편을 만나 완전히 상반된 부부상을 경험하면서 깨달은 결혼의 본질과 배우자 선택에서부터 성격 차이, 대화, 바람기, 배우자의 가족 등등, 부부가 되어 겪는 다양한 갈등에 대한 이해를 담았다. 10,900원.

조그맣게 살 거야

미니멀리스트 진민영 에세이. 외형적 단순함을 넘어 내면까지 비우는 삶을 사는 미니멀 라이프 예찬론. 군더더기를 빼고 본질에 집중하는 삶을 통해 '성공이 아닌 성장', '평가받는 행복이 아닌 진짜 나의 행복'으로 관점을 바꿔준다. 11,200원.

아버지 가방에 들어가실 뻔

파리를 100번도 더 가본 아트여행 기획자인 아들이 오랜 원망의 대상이었던 아버지와 함께 떠난 단 한 번의 파리 여행을 계기로, 아버지를 이해하게 되고 나아가 가족 내 상처 치유와 관계 회복은 물론, 20여 년 간 일해온 여행업에서도 다시금 맥락을 잡아가는 기적과 같은 변화를 담고 있다. 이를 통해 진정한 '나다운 삶'이란 상처와 조우하는 용기와 언제나 내 편이 되어주고 묵묵히 바라봐주는 가족에 기반함을 전한다. 13,000원.

옮긴이 이리나

영문학을 전공하고 영어와 스피치 강사로 활동했다. 인생의 전반이 밖으로 향하는 삶이었다면 후반은 책을 통해 내실을 다지는 삶을 살고자 '부활'을 의미하는 'rinascita'의 줄임말, '리나'를 필명으로 다시 태어났다. 현재 외서 기획 및 전문 번역가로 활동하고 있으며 옮긴 책으로는 《미스터리 서점의 크리스마스 이야기》, 《루시 핌의 선택》, 《눈 먼 사랑》, 《줄 살인 사건》 등이 있다.

한 시간 사이에 일어난 일 / 최면 / 아내의 편지
라일락/ 데지레의 아기 / 바이유 너머

1판 1쇄 인쇄 2018년 6월 30일
1판 1쇄 발행 2018년 7월 10일

지은이　케이트 쇼팽
옮긴이　이리나
펴낸이　김현정
펴낸곳　책읽는고양이 / 도서출판리수

등록　제4-389호(2000년 1월 13일)
주소　서울시 성동구 행당로 76 110호
전화　2299-3703
팩스　2282-3152
홈페이지　www.risu.co.kr
이메일　risubook@hanmail.net

ⓒ 2018, 도서출판리수
ISBN 979-11-86274-39-2 03840